Bleu Line

カフェオレ・ランデブー

栗城 偲
Shinobu Kuriki

フルール文庫

本作品の内容はすべてフィクションです。
実在の人物、団体、事件などにはいっさい関係ありません。

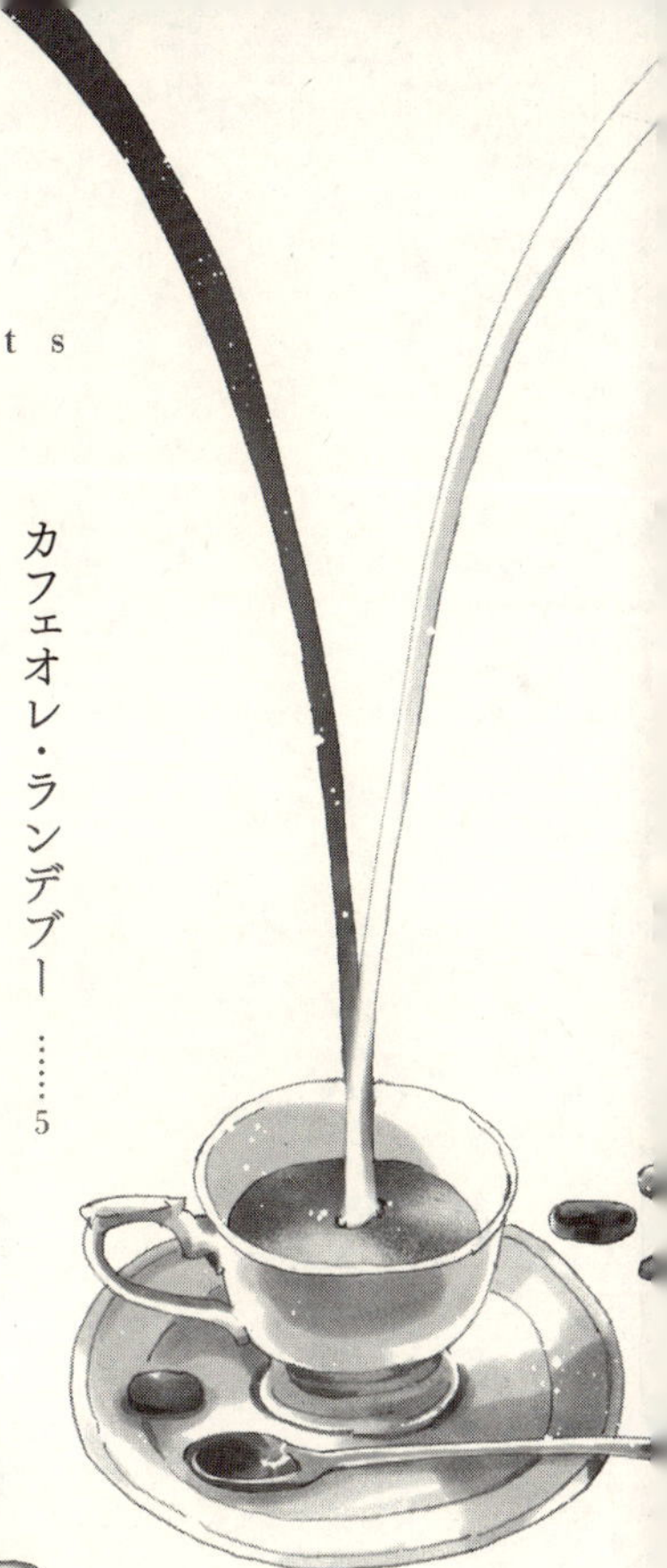

Contents

イラストレーション／藤　たまき

カフェオレ・ランデブー

ホテルの一室で、恋人の携帯電話が鳴った。その瞬間、情事の真っ最中で火照っていた肌が、一瞬で冷えたのを自覚する。

今から二十九年前の今日、二十三時五十五分に、久能一眞《くのうかずま》はこの世に生を受けた。そんな話を恋人にしたら、じゃあその時間ちょうどに祝ってあげるよ、と言ってくれた。ただ、もしかしたらベッドの上で忙しくて気づけないかもね、なんて笑って。

ちょっとしたサプライズがあるから期待していて、と言われたのは数日前のことだ。

その「サプライズ」とは、珍しく「お泊まりデート」をするということだったらしい。いつもシングルでしか取らないホテルも、今日はツインで取ってくれていた。

——でも、こんな事態までは、想定してなかったな……。確かに、サプライズだ。

久能とその恋人の笹野《ささの》は、世の恋人たちとは少し違いがある。あまり大っぴらに関係があるとは言えない立場だ。

一つは二人とも男同士であるということ、もう一つは同じ会社の同僚であること

——それだけだと思っていたが、今夜もう一つの理由ができた。

うっすらとした違和感は、前から抱いていた。それを見ないようにしていたつけが、よりによって誕生日に回ってきたということらしい。

「馬鹿、違うって。……誰とって、後輩だぞ？　……浮気してるって疑ってる？」

彼が話している相手は自分ではない。携帯電話の向こうの人だ。そして微妙に零《こぼ》れてくるのは、女性の声だ。

恋人が綺麗《きれい》だと褒めてくれる顔は、能面のようになっているに違いない。目元を隠すように、手の甲を顔に載せる。

――……女の人、か。

なんとなく、浮気をされているような気はしていた。

最初の頃こそマメに夜を過ごしてくれていた笹野だったが、恋人になってしばらくしてから、泊まりで一緒にいてくれることは極端に少なくなった。

他に、相手がいるのかもしれない。そう疑う自分もいやだった。けれど、仕事がない日でも、彼は一緒にいてくれない。

だから、本当はあまり期待していなかったのだ。

誕生日だからといって、笹野が自分のために時間を作ってくれることなど、難しいと。

それでも、今日は一緒にいることを約束してくれた。

久能はキャリアアップのために転職をすることが決まっていて、同僚で、先頃上司になったばかりだった笹野は、それでも久能のためになることだからと併せてお祝いまでしてくれたのだ。

「俺そんなに信用ないわけ？　……おいおい、ひどいな。俺、結構誠実じゃない？」

まだ久能の中に自分のものを入れたまま、男は平気で嘘《うそ》を吐《つ》く。

罪悪感など、湧かないのだろうか。きっと湧かないのだろうな、と久能は無言で笹野を見上げた。

すっかり冷えたのは体だけではなく頭も心も同じことで、既に目減りしていた気持ちがさらに消えていく心地がする。

体の中でまだ熱く滾《たぎ》ったままの笹野のものに、まだする気なのかと心底呆《あき》れた。

ベッドサイドの時計を見れば、まだ二十二時半だ。終電まで、大分余裕がある。

――……最低だ。

誕生日は一緒に過ごしてくれる。プレゼントなどより、たったそれだけのことを期待したが、やはり駄目だったようだ。

息を吐いたのと同時に、中のものを深く押し込められる。

「っ……」

不意の衝撃に唇を噛《か》むと、笹野が笑顔を見せた。

「本当だって。疑い深いな、お前そんなだった？　……だから、後輩で、部下の久能くん」

　ぎし、とベッドが鳴った。ばれてまずいのは笹野のほうなのに、久能のほうが冷や汗をかいてしまう。

　やめてくれと声に出すわけにはいかないので必死に口を押さえて首を振ると、笹野が溜息《ためいき》を吐いた。

「じゃあ、そばにいるから替わるよ」

　はい、と携帯電話を渡されて、久能は目を剥《む》く。

　こんなことをしているのに、と言いたいところだったが、電話を持っている状態では言えない。

　鼓動がいやな感じに速まるのを抑えながら、久能は携帯電話を耳に当てた。

「……お電話替わりました。久能と申します」

『主人がいつもお世話になっております。……笹野の家内です』

「――」

　きれいな女性の声に、一瞬呼吸と思考が停止した。

　家内、と心中で繰り返して、難しい単語でもないのに、頭が理解するのを拒む。

　同僚の手を煩わせていることや、夫婦喧嘩《げんか》に巻き込んでいることを恥じてか、笹野の妻は電話の向こうでとても躊躇《ためら》いがちに声を出した。

はっとして、久能は口を開く。

「いえ、こちらこそ、笹野さんにはいつもお世話に……、っ」

笹野の手が、久能の胸の突起を弄《まさぐ》る。不意の刺激に笹野を受け入れている場所を締めてしまい、その圧迫感に息が詰まった。

『……すみません、お邪魔をしてしまって』

こんなことをしながら笹野の妻と話している罪悪感と、欺いていることへの後悔と、こんな無体を強いられていることが悲しくて、涙が出そうになる。

「……、いえ、今日はもう解散しようかって話をさっきしてたんです」

久能の科白《せりふ》に、笹野が不満げに目を眇《すが》める。

『あの、本当にお気を遣わないでください。私が主人に叱られてしまいます』

「いえ、もう結構お酒も回ってますし。終電を、なくす前にお帰ししますよ」

きゅっと胸の突起を摘《つ》まれて、笹野の手を振り払う。本気でいやなのに、笹野の唇はやけに嬉《うれ》しそうに弧を描いた。

『……すみません。久能さん。ありがとうございます』

久能の切り返しがわざとらしかったせいか、笹野の妻は申し訳なさそうな声を出した。

言いようのない疚《やま》しさと惨めさに、動悸《どうき》が早まり、指先が冷たくなる。一体自分はなにをしているのだろうと、吐き気がした。

「……じゃあ、先輩に替わりますね」

気になさらないでください、と言って、まだ渋る笹野の妻を宥《なだ》めて電話を笹野へ返す。

「っ……！」

ほっと息を吐いたタイミングで、笹野が再び強く腰を打ち付けてきた。咄嗟《とっさ》に息を止めたので、声を上げずに済む。

――い、やだ……っ！

弱い部分を重点的に擦られて、声を上げないように、手で口元を押さえて堪《こら》える。軋《きし》むベッドの音に、心臓が爆発しそうだった。

力を入れてしまったせいで、笹野が微《かす》かに顔を顰《しか》める。

「……うん、そういうことだから。じゃあ」

終話したらしい携帯電話を放って、笹野が久能の腰を抱える。弱い場所を容赦なくえぐられて、ガードの取れた口からは、嬌声《きょうせい》が零れた。あまりの情けなさに涙が滲《にじ》む。

「あっ！　あっ」

「なんだ。せっかくホテルを取ったのに……一緒にいなくていいの？」

「や、いやだっ……離せ……っ」

「……こういうとき、お前が男だからごまかしがきいて助かる」

ぶつけられた無神経な科白に体が硬直し、指先が震えだす。久能を見下ろす笹野は、やけに興奮した表情を作り、片頬で笑った。

「あー……やばい。出る……っ」

「嘘、待っ……、やめ、っ」

笹野が息を詰め、久能の中に熱いものをまき散らす。

「ひ……っ」

電話中にお預けを食った分か、やけに多い量の体液が体の中に入ってくる。いつもなら幸せにすら感じたそれにぞっとして、久能は歯を食いしばった。

「っ、あー……」

最後まで出し切り、男が満足げな息を吐いた。

どろりと体内を流れる笹野の排泄《はいせつ》物があまりにも不快で、久能は唇を噛みながら身を起こす。

「……もう、いいですか?」

「なんだよ、お前はまだだろ?」

にやつきながら萎えきった久能のものに手を伸ばし、再び腰を入れてくる男にかっとする。久能は覆いかぶさろうとしてきた男を、思い切り蹴り飛ばした。

「いっ……」

ずるりと体から男のものが抜けた隙《すき》に、久能はバスルームに駆け込んだ。トイレに座り、顔を押さえて溜息を吐く。どろりと零れてきたものに嘔吐《おうと》感を覚えながら眉根を寄せた。

「……最低の誕生日だ」

恋人が——今日まで恋人だと思っていた男が既婚者だということを、久能は知らなかった。

あまりの間抜けぶりに、自己嫌悪に陥る他ない。

八年前、大学三年生の折、久能は己の性嗜好《しこう》を自覚してから初めて、出会いを求めて同好の士が集うバーへと足を向けていた。何度か勇気を出して声をかけてはみたものの、それほど積極的ではなかったため、始めの内は到底、誰かと関係を持つには至らなかったのだ。

相手が見つからないなりに、何度も通えば顔見知りや友達ができる。笹野はそのうちの一人だった。

笹野は長身で整った顔立ちの、とても感じのよい大人の男だった。年上の男性に憧れていたのもあったが、優しくて会話の面白い彼のことを、久能はいつの間にか好きになっていたのだ。

バーに通っている内に、声をかけられるようにもなってきたが、久能は誰にも靡《なび》かなかった。それは、気の合う人が見つからないという以上に、久能が既に笹野を好いていたから、というのが本当の理由だ。

言い出せなかったのは、笹野が付き合う相手は美形が多かったし、年下の久能にはまったく色恋の雰囲気を出してくれなかったから、自分など守備範囲外なのだと思っていたのだ。

兄貴分だった彼は、久能の就職の際には、相談を持ちかけるより先に勤め先の関連会社を紹介してくれた。久能は昔から洋画や洋楽などが好きで、それらに係わる仕事がしたくて大学では英文科に籍を置いていた。笹野が会社で社内翻訳や通訳を担当していることは知っていたが、頼るという発想がなかったのだ。笹野はいつまでも頼らない自分を見てやきもきとしていたらしい。

就職が決まって自分のことのように喜んでくれた笹野を、久能はますます好きになった。けれど告白ができないまま月日は過ぎる。やりたかった分野の仕事に就けて、笹野との共通の話題ができて、話ができるだけで嬉しかったのだ。

そして社会人二年目の頃、珍しく久能の部屋に笹野を招いて家飲みをしていた日、突然キスされた。

「俺のものになれよ」と言った笹野に強引に押し倒されたのだ。

今恋人がいるのかという問いに、馬鹿正直に、恋人がいたこともないし、キスもしたことがない、と言ってしまった。

すると、久能の初めての男になりたい、誰にも触らせたくない、全部、久能の初めてがほしい、とかき口説かれた。

そんな耳当たりのいい言葉に、二十四歳だった久能は落ちた。

初めてのキスも、未経験の体も、全部笹野に捧《ささ》げた。

自分が好意を持っていた男に激しく求められて、久能は嬉しかったし幸せだった。

それからは笹野がいやがるのでバーに行くのはやめ、携帯電話も買い換えてそちらの繋《つな》がりを断った。

仕事も順調で、恋人との関係も同じ。そして二年前には、出向という形で同じ会社に勤めることができ、笹野により近づけた。

笹野は公私をはっきりとわける男だったが、会う約束などは会社ですることが多く、そんな秘め事のような恋愛を楽しんですらいたのは認める。

ただ、痕跡を残さないような約束の仕方に徐々に疑問を持った。

深い仲になっても朝まで一緒にいてくれることが滅多にないことも、疑念に拍車をかけた。むしろ、思いが通じる前のほうが彼は夜遊びをしていたように思う。

だから、自分以外にも付き合っている人がいることくらいは予想の範疇《はんちゅう》だったのだ。

――でも、「既婚者」だったなんて、あんまりだ。

浮気相手がいるどころか、自分が浮気相手だったなんて。

――……あんな人だったなんて。

別れ際のことを思い出して、久能は顔を顰める。

事後処理を済ませてバスルームから出ると、笹野は悪びれるわけでもなく、それどころか「隠し事が減って、気が楽になった」と言ったので呆気《あっけ》にとられてしまった。

そして「焦ってたにしろ、人を足蹴にするのは感心しないな。お前はそういう子じゃないだろ?」と鷹揚《おうよう》ぶって窘《たしな》めてきたので、その顔に思い切り平手を見舞ってやった。

拳は流石《さすが》にまずいかと思ったのでそうしたが、結構な勢いでぶちかましたのでそれなりにダメージはあったと思う。

笹野は初めて抗《あらが》った久能に終始目を白黒とさせていた。「なんで、こんなこと俺にするはずない」と相変わらず寝ぼけたことを言っていたので、無視をしてホテルを出てきた。

「……なんで気づかなかったかな、俺も」

彼とは部署が異なっていたし、久能自身があまり積極的に同僚と交流するほうでもないので、誰かの家庭事情の話をするような相手がいなかった。

会社ではプライベートな話などほぼしないし、女性はともかく男性は結婚指輪をつけているもののほうが少ない。笹野もまた、指輪はしていなかった。

今思えば、彼に押し倒されたあのすぐ後くらいに結婚したのかもしれない。同じ趣味を持つ人たちとの関わりを徹底的に断たせ、連絡を取るのもいやがった。当時はやきもちを焼いてくれているのかな、と嬉しく思ったが、あれは単に笹野の結婚が久能の耳に入らないようにということだったのか。

「……誕生日に、間抜けすぎる」

プレゼントは、ブランドもののネクタイらしい。ホテルの部屋に入る前に渡されたため、持ってきてしまった。

その直後に交わされた会話を、脳が勝手に繰り返し再生している。

――今年でいくつになったんだっけ？

チェックインを済ませるなり、笹野がそう訊《たず》ねた。

――二十九です。

――二十九かぁ。

初めて会ってから八年。付き合い始めてから五年。今、恋人が既婚者だと知ってから一時間だ。

そんな風に思い返して自嘲する。

――女の子だったら、その歳《とし》だと結婚とか出産で焦り始める年齢だな。

彼が一体なにを言いたいのかわからず、久能は目を瞬《まばた》かせた。どうしてそこで今更、女の子と比べるのだろう。そう思ったけれど、言えなかった。

久能は、恋人の機嫌を損ねるのが、怖かった。

——でも、お前は違うしね。女の子だったら大変なところだった。

男同士だから、結婚はできないし、生でしても子供はできないし、ということだろうか。色々な意味に取れるが、どう取っても笹野にひどいことを言われているのは間違いなかった。

きっと悪気はない。そういう人だ。そう納得しようとするたびに、胸にひどくなにかが蟠《わだかま》る気がした。思えば今日は、はじめからなにかおかしかったのだ。

大学生の頃、久能が笹野に恋をしていると見抜いていた行きつけのバーのママは、バイはたちが悪いからやめておきなさい、と何度も言っていた。やはり、人の忠告は聞くべきなのだ。

疑念を質《ただ》さなかったのも、訊《き》くのが怖かったからに他ならない。肯定されることも、信用していないのかと責められることも。

一番の理由は、「じゃあ別れる？」とあっさり言われるのが怖かったからかもしれない。

——結局、別れなかったのにこんな目にあっているんだからお笑い草だ。

先程の会話を最初から繰り返そうとした脳を揺するように、久能は頭を振る。

じっと、手にしたプレゼントを見下ろした。

嬉しいのか、後悔しているのか、嫌悪しているのか、よくわからない感情が込み上げてくる。

久能は唇を引き結び、一番近いコンビニまで全力で走った。一目散にごみ箱に走り寄り、プレゼントを紙袋ごと突っ込む。

すっきりしたのは一瞬で、後から苦い気持ちが襲ってきた。重い溜息を吐き、足を引きずるようにして歩き出す。

結局、なんの解決にもなっていない。そんなことは、自分自身がよくわかっていた。

——なんで、あんな男と付き合ってたんだろう……。

両想いになってから、自分が不倫をしていると気づくまで五年もかかったなんて。

——でも、そういうところを除けば、すごくいい人だったんだよな……。

仕事もできるし、恋人としても基本的にはマメなほうだと思う。

一人暮らしの久能が風邪をひいたときは、自宅まで来てくれて甲斐甲斐《かいがい》しく世話をしてくれたりもした。甘える久能をいやがりもせずに、なんでも言うことを聞いてくれたのだ。

平素から色々と尽くしてくれる。セックスだって、無体を強いられたことはなかった。受け入れる側の久能をとても気遣ってくれて、まだ慣れなかった頃だって、根気よく久能に付き合ってくれた。

けれど、クリスマスなどのイベントデーや、長期を含む休暇などは、いつも一緒にいてくれなかった。付き合い始めの数か月で、そこに気が付かなかった自分も大概間抜けだ。

その代わり、そういうとき以外は、あの男はくだらない呼び出しにでも、いやな顔一つせずに応じてくれた。

可愛《かわい》いよ、好きだよ、綺麗だよ、愛してるよ、と惜しみなく言ってくれるし、情熱的に口説いてくる。

いいところを一つ見つけるたびに、彼の悪いところを一つ、相殺させてしまうのだ。

すみません、と自分なんかに謝った笹野の妻の声が、鼓膜に突き刺さったまま抜けない。謝らなければならないのは、こちらのほうなのに。

泣きそうになったが、堪えた。自分は泣いていい立場ではないと、さっきはっきりとわかってしまったから。

まっすぐ帰るのがいやで、久能は居酒屋のチェーン店に入って一人で酒を呷《あお》った。帰っても眠れそうにないし、静かな場所にはいたくない。そういう意味でも、居酒屋は最適だ。

アルコール度数はそれほどでもない安酒を大量に胃に流し込むと、酒に強くない久能はすぐに酩酊《めいてい》する。

いい感じに酔っぱらったところで店を出たつもりが、初夏の夜風に当たって多少酔いが醒《さ》めてしまった。

――……もう少し飲むべきだったかな。

ふらふらとしながらそう思ったが、この先には飲めるような店はなかったはずだ。かといって、このまま一人で安眠できるだろうかと考えつつ歩みを進めたところで、ふと視界に入った店の明かりに足を止める。

「……ん？」

飲み屋街を外れた道路沿いに、小さな店が建っていた。

――……何屋？

それが目についたのは、既に周囲が寝静まっているのにもかかわらず電気がついていたのと、もう一つはその店が居酒屋などではなかったからかもしれない。

店の看板には、筆文字で〝純喫茶「東風」〟と書かれている。

――ひがしかぜ？　こち？　とうふう？

よく見えないが、何人か客の姿も見える。温かそうなオレンジ色の光が零れていて、つい足を向けてしまう。

――純喫茶……って、入ったことないかもしれない。

コーヒーがそれほど好きでもないというのもあるが、一人だと気おくれするような場所だというイメージがある。

けれど、今日は一人でいるのがいやだった。話をしたいわけでもない。ただ、誰かがいる場所に身を置きたかったのだ。

少々躊躇《ちゅうちょ》しながら、久能は店の木製のドアを開いた。

からん、とドアについていた鈴が小さく音を立て、店員の視線がこちらに向けられる。

「――いらっしゃいませ」

店内は、温かみのあるオレンジ色の照明に照らされている。内装は少々レトロな雰囲気で、床やテーブル、イスはすべて木製だ。音楽は流れておらず、微かに換気扇の音がする。

全体的に古い印象はあるが不潔感はない。

カウンター越しに見える大きなサイフォンが、雰囲気作りに一役買っている。

——勢いで入ったはいいけど、一見さんお断りとかじゃ……ないよな。

常連客以外は入りにくそうな空気を勝手に感じてどきどきしながら、久能は店内を見渡す。

遅い時間帯だというのに、四人の客がカウンター席に座っていた。五、六十代の男性が一人、四十代くらいの男性が二人、水商売風の派手なドレスを着た三十代くらいの女性が一人だ。

人がいるという、それだけのことでほっとする。

「お一人様ですか?」

無言で突っ立っていた久能に、L字のカウンターの中に立つ人物が声をかけてくる。

はっとして、久能は首肯した。

カウンターにいたのは、店の雰囲気にはあまりそぐわないような、若い男だ。

けれど、紛《まぎ》れもなくその彼が給仕をしているのだろう。ギャルソンの恰好《かっこう》をした青年は、久能を見てにっこりと微笑《ほほえ》んだ。

「お好きなお席へどうぞ」

促されて、久能は入り口に一番近い、カウンターの角席に腰を下ろした。一つあけて右隣には水商売風の女性が、二つあけて左隣には、一番年長の男性が座っている。なんとなく先客の視線が刺さるような気がして、久能は逃げるようにメニューを手に取った。

ポリウレタン素材の厚みのある黒色のメニューブックはA５判サイズほどだ。中を開き、視線で文字をなぞりながら、久能は閉口した。

——……どうしよう。わからない。

普段、自分がコーヒーを飲むときは、自動販売機で買うか、せいぜいチェーンのコーヒー店くらいにしか行かない。

そういうところで見慣れたメニューが見当たらない。

コロンビア、エスメラルダ、キリマンジャロ、マンデリン、グァテマラ、イエメン、ブルーマウンテン……と並んだものに目を瞬かせる。

——これって、豆の種類だよな。多分。

適当に頼んでもいいがどうしようか、と思案しつつ、店内を見回す。

全体的にレトロで落ち着いた雰囲気のある店なのに、ところどころに筆書きの貼り紙がしてあるのが目についた。

独特の書体で、格言めいたものが書かれている。

ふと手元を見ると、カウンターのところにも小さい貼り紙があった。

『自分ばかりが大変だと思ったっていいじゃない』

誰も言わないなら自分くらいはせめて、とその横に小さく添え書きがしてある。書体が違うのは、誰かが後で書き加えたのだろうか。

なんだこのセンス、とちょっとおかしく思っていると、右の女性が「ねえ」と話しかけてきた。顔には出していないはずだと内心びくつきながら、久能は応じる。

「はい？」

「お兄さんはこれ、どう思う？」

これ、と言いながら彼女は自分の目の前にある貼り紙を、ドレスと同じ薄紫色の爪でつついた。

そこには『自称サバサバ系はサバサバしてない』と書いてある。

「この店にある貼り紙さあ、常連には賛否両論なんだけど。お兄さん新顔？　どう思う？」

「どうって……」

正直なところよくわからない。

ちら、と視線を上げると、店員の青年も、その他の客もわくわくとした様子で久能を見ているのがわかった。

「ええと……味があっていいんじゃないでしょうか？」

「よっしゃ！」

久能の返答を聞くなり大声を張り上げたのは、店員だった。その喜びように、久能のほうが驚いてしまう。

「やっぱりね、わかる人にはわかるんだなぁ」

うんうん、とご満悦の様子の店員を、久能はそのときに初めて意識して見た。

カウンターに立っているので正確にはわからないが、身長は随分と高そうに見える。くっきりと太い眉、黒々とした髪が印象的だ。それなりにがっしりとした体のようで、ギャルソンの衣装がよく映える。

顔貌は精悍《せいかん》で男らしいが、笑うと子犬のような人好きのする愛らしさがあった。そのせいか、久能とあまり歳が変わらないように見えていた彼は、やはり年下かもしれない、とも思う。

そして、改めて意識してみると、案外好みのタイプだということがわかってどきりとした。

「でも、やっぱりもう少し内装を意識したほうがいい気がするんだけど」

不満げに漏らしたのは奥の方に座る眼鏡をかけた四十代くらいの男性だ。

「せっかく昭和レトロっぽいいい感じの店なのに、貼り紙で急にダサくなってるんだよ」

「そりゃ、梶原《かじわら》さんの主観でしょー。これはこれで合ってるんです！　お客さんだってそう言ってくれましたし」

ね、と突然話を振られて、久能は曖昧に笑ってごまかす。

感想を求められて味があるとは言ったが、店内の雰囲気に合っているとは言わなかったはずだ。けれど、水を差すのも躊躇われて否定はしないでおいた。

「それはさておき、ご注文はお決まりですか？」

「え、あ、ええと……」

つい、話に気を取られてメニューを決めるのを忘れていた。

よくわからないので、と言えばなにか提案してくれるのだろうが、なんとなくそれも気恥ずかしく憚《はばか》られる。

どうしよう、と眉根を寄せて、メニューを捲《めく》った。

――あ、なんだ。普通のもあるんだ。

ブレンド、アメリカン、モカや、アイスコーヒー、カフェオレなど、見慣れたメニューが列挙されている。

その下に、「店長のおすすめ」というメニューがあった。

「あ、じゃあ」

顔を上げると、いつの間にか店員が近くに立っていてどきりとした。

はい、と笑顔で顔を寄せられて、どぎまぎしながら視線を逸《そ》らす。

「……あの、この『店長のおすすめ』をください」

「はい、かしこまりました」

にこっと笑顔で返されて、再びどきりとする。

――こういうのは、よくないなあ。

騒ぐ胸に苦笑しつつ、久能はメニューを置く。

今までの笹野との関係が「恋人」ではなかったことを知って打ちのめされたばかりだというのに、現金な自分に呆れてしまう。心も体も疲弊しているから、こんな風に邪気のない笑顔にときめいてしまうのかもしれないとも言えるが。

「お客様、好みの銘柄はございますか？」

伝票にペンを走らせながら問われて、久能はきゅっと唇を引き結ぶ。「おすすめ」

は、決まったものを出してくれるのではないらしい。なんと答えればいいか、と迷いながら、正直に申告することにした。

「え、ええと……すみません、あまりコーヒーには詳しくなくて」

コーヒー通でもないのに、こういった店に来るのはまずいだろうか。戸惑って冷や汗をかいていると、店員はくすっと笑った。

「そんなことは全然気にしなくていいんですよ。えーとそうですね、苦いのは平気ですか？」

「……缶コーヒーとかばっかりで苦いのはあんまり飲んだことがなくて」

「ふむ。じゃあ、酸味もないほうがいいかな」

「コーヒーに酸っぱいのってあるんですか？」

苦い飲み物だと思っていたのに、そぐわないと思える味覚を言われて久能は目を丸くする。不思議に思って訊くと、ありますよ、と店員が笑んだ。

「じゃあ、少々お待ちください」

そう言いおいて、店員はその背後に並べられていた缶の中から一つ、取り出した。

缶から出したコーヒー豆を、店員はコーヒーミルで挽《ひ》いていく。

——すごい。豆を挽いてから淹《い》れるんだ。

いつもチェーン店では機械で淹れていたので、ここもそうなのかと勝手に思っていた。

店員は、流れるような所作でフィルターをサーバーにセットして、挽いた粉を入れる。

――この大きいのは使わないのかな?

理科の実験器具にも似た大きなサイフォンを使うのかと思っていたので、ちょっと肩すかしを食ってしまった。

けれど、店員の慣れた手つきを見るのも思いのほか楽しい。

作業の間に沸かしていた鶴口のケトルのお湯を、店員がゆっくりと注いでいく。ふんわりと、微かにコーヒーの香りが漂ってきた。

――いい匂い。

コーヒーなのに、甘い香りがする。今までインスタントや缶コーヒーなどでは感じなかった香りだ。

抽出されたコーヒーに、ミルクパンで温めた牛乳が注がれる。カップをソーサーに置いて、店員がくるりと持ち手を回した。

「はい、どうぞ」

差し出されて、作業が終わっていたことにようやく気が付いた。

持ち手を回したのは、久能が取りやすい位置に向けるためだったらしい。

「あ、ありがとうございます」

「召し上がれ」

カップのコーヒーは、ベージュ色をしていた。そっと唇を近づけると、先程と同じ甘い香りがする。

「……あまい。おいしい」

甘い、と言っても砂糖の甘さばかりではない。ミルクの濃い味と、コーヒーの味がいつも飲んでいるものよりまろやかなせいかもしれない。

酸味があるコーヒー、というのがピンとこなかったが、これを飲んだらわかるような気がした。

舌にまとわりつくような感じがない。ミルクがたっぷりで、コーヒーはそれほど入っていないような気がする。けれど、しっかりとコーヒーの味も香りもする。

コーヒーはそれほど好きではなかったはずなのに、「おいしい」と思った自分に驚きだ。

「気に入っていただけたみたいで、よかったです」

「あ、はい。すごくおいしいです」

カップを口に運んで言うと、周囲もにこにことしていた。

「ここのはうまいんだ」

得意げに言った六十がらみの男性に、久能は本当ですねと返した。

入店する前は少々躊躇うくらいだったのに、思ったよりもアットホームな雰囲気のある喫茶店だ。

ぽかぽかと体が温かくなるのは、飲み物の温度のせいだけではないような気がする。無意識に、ほっと息を吐いていた。

人の気配があって、決して静かな場所とは言えないのに、落ち着く。

カップを傾けながら店員をうかがうと、目が合った。

彼は店長なのだろうか。チェーン店であればそう珍しくもないかもしれないが、個人経営でこの若さは珍しいように思う。

かっこいいな、と思ったのと同時に、先程別れてきたばかりの元恋人の顔が思い浮かんで、眉を顰《ひそ》めた。それは、自分の後ろめたさや罪悪感のような気もする。

別れた相手、しかも勝手に久能を不倫に巻き込んでいた男に操を立てる必要などもうない。

誰に言い訳するでもないのにごちゃごちゃと考え出した己の思考に辟易《へきえき》して、久能は店員に向かって口を開いた。

「……これ、なんていうコーヒーなんですか」

発した声音が、自分が思っているよりも弱々しく響いてしまう。さっさと吹っ切らないといけないのに、まだ目一杯引き摺《ず》っていることを自覚した。

きっと正面から久能の顔を見ていた彼は、それに気が付いただろう。

久能の質問に、少し童顔で人のよさそうな彼は頬に笑みを刻む。

「——疲れを癒《いや》す、悲しみの溶けるコーヒーでございます」

その言葉に、久能は固まる。

他の客が、それを感じ取ってか「あーあ」と呆れたような溜息を吐いた。

「……この店は、これさえなけりゃなあ」

季節は初夏だというのに、おお、と男性が身震いをする。

「これと貼り紙がなければ」

常連客らしき面々のそこそこ辛辣な評価に、店員は傷ついた顔をした。

「ちょっとひどくないですかそれ!?　俺本気なのに！」

「え？　本気だったんだ」

そりゃびっくりだわ、と女性客は大仰に驚いた顔をしてみせる。

「なんでこいつ、平成生まれのくせにセンスが昭和なんだろうな……」

「経歴詐称してるだろ。お前本当は五十手前くらいじゃないのか」

「ひどい！」

周囲が笑うので、自分も笑わないといけない。そう思うのに、表情筋がうまく動かなかった。

鼻の奥がつんとする。

笑っていた店員が、久能を見て口を噤《つぐ》んだ。

やめてくれ。変に思われる。そう言いたいのに、言えなかった。

「っ……」

涙が喉に詰まって声にならない。

こんな風に泣き出したら、周囲だって引くとわかっている。だから、止めなければならない。

そう思えば思うほど、涙はとめどなく溢《あふ》れて頬を伝う。恥も外聞もなく、両目からぼろぼろと落ちて止まらない。

いつしか静まり返っていた店内には、久能の嗚咽《おえつ》だけが響いていた。

瞼《まぶた》を刺すような太陽の光で、久能は眠りから覚めた。

うう、と唸《うな》りながら、ベッドの上に置いてあるはずの携帯電話を手探りで捜す。けれど手に触れる感触がいつもと違っていて、枕に顔を埋《うず》めながら眉根を寄せた。

「んー……？」

触れた感触は、畳に似ている。

――畳……？

ようやく頭が違和感を覚えて、久能は瞼を開けた。

久能の自宅は洋室で八畳のワンルームマンションだが、目覚めた場所は畳敷きの年季の入った和室だった。

「……っ」

慌てて身を起こし、きょろきょろと周囲を確認する。

六畳の和室は小さな窓が付いているくらいで、殆《ほとん》ど家具がない。部屋の片隅に大きなデイパックが転がっている。

壁には男物のコートがかけられていて、そこには久能のスーツの上着もかかっていた。

まったく見覚えのない部屋だ。

――ええと……？　昨晩は一人で飲んで、喫茶店に入って、それから……。……それから？

途中から、まったく記憶がない。

一体ここはどこで、誰の部屋で、どうやってここまで来たのか。そのあたりの記憶がすっぽりと抜け落ちている。

久能の場合、女性相手であればまず間違いを起こすことはないが、男性相手の場合はわからない。

石を投げればゲイに当たる町でもないのだし、そうそう居合わせた男性となにかがあるなどということはないだろうが、それでも絶対とは言い切れない。何事もなくても、自分がなにか余計なことを言ってしまった可能性はある。

「……大丈夫、だよな？」

事後の感覚はあるが、昨晩は笹野と寝ているのでそちらの可能性が高いし、服も辛うじて着ているので、大丈夫なはずだ。

しかし、そう思いたい久能を嘲笑《あざわら》うかのように、遠くで洗濯機が回っている音がする。

「……やっちゃったか……？　でも誰と……？」

頭から血の気が引き、口元を押さえる。

一泊させてもらったことは間違いがないので、家主に挨拶をしなければと思うが、自分がとんでもないことをしたのではないかという可能性に、尻込みしてしまう。

取り敢《あ》えずここはお礼を言って、とこの場をどう切り抜けるかシミュレートしていると、足音が近づいてくる気配がした。

心の準備ができていないのに、と慌てふためいている久能を待たずに、襖《ふすま》が開いた。

「あ、久能さん。起きました？　おはようございまーす」

すぱん、と音を立てて開いた襖の向こうに立っていたのは、若い男だった。

その姿を見て、挨拶と礼を言おうとしていた久能は固まる。

彼は腰にタオルを一枚だけ巻いた姿で、しかも風呂上がりのようだ。思わずじっと見つめてしまい、はっとして姿勢を正す。

「あの、お、おはようございます」

なんとかそれだけを返すと、男がにこっと笑い返してきた。

その顔に見覚えがあって、記憶を紐解《ひもと》く。昨晩入った喫茶店の、カウンターに立っていた若い男と眼前の半裸の男が合致した。

「あ、喫茶店の……」

「はい。自己紹介してませんでしたね。平北誠《ひらきたまこと》と言います。平らな北で平北です」

言いながら、店員——平北は部屋の隅に置いていたデイパックの前まで行き、しゃがみ込んだ。

つい目で追ってしまうと、平北は中をごそごそと探りながら「すいませんねー」と笑った。

「さっき店閉めたとこなんで風呂入ってたんです。で、ここに久能さんが寝てるってわかってたんですけど、パンツここに入れてたの忘れてて」

思ったよりも着やせするタイプらしく、平北はそれなりに細身なのにしっかりと筋肉がついていた。腹筋は若干割れている。

よいしょ、と言いながら平北はパンツを着用し、久能を振り返った。

「久能さん？」

呼びかけられて、その体を凝視してしまっていたことに気づかされる。不審に思われやしないかと思っていたが、平北は「まだ寝ぼけている」と解釈してくれたようだ。

ひらひらと目の前に手を翳《かざ》されて、久能は慌てて居住まいを正す。

「あの、名前」

酔っぱらっていたので自信はないが、昨晩、彼に名乗った覚えはない。

平北はああ、と顎を引いて壁にかけられたスーツを指した。

「すいません。ハンガーにかけるときに、襟の刺繍《ししゅう》見ちゃいました。失礼でしたよね、名乗ってもらってないのに勝手に呼んじゃって」

「いいえ、あの、すみません。ご迷惑をおかけしたみたいで……」

先程、平北は「さっき店を閉めた」と言っていた。つまり、今仕事が終わったばかりだということで、久能と間違いを犯した可能性は限りなく低い。

大方、久能が昨晩そのまま店の中で眠るという迷惑千万な行為をしたため、親切で蒲団《ふとん》を貸してくれた、ということなのだろう。

そこまで分析して、己のありえない失態に今更焦る。

「すみません、本当に！」

殆ど土下座状態で頭を下げると、平北が慌てて膝をついた。

「いやいや、気にしないでくださいほんとに！　俺が勝手にしたことですから！」

平北が言うところによれば、無理矢理起こすか警察に言うか、というところだったらしいのだが、恥も外聞もなく泣いてしまった久能に同情して、自宅である二階部分に客と一緒に運んでくれた、とのことだった。

手伝ってくれたのは、昨日居合わせた四十代くらいの男性二人であるとのことだ。名前は、眼鏡のほうが梶原、かけていないほうが小隅《こすみ》というらしい。

「あ、ありがとうございます。すみません、本当に……！」

その二人にもぜひお礼を言っていた旨を伝えてほしいと言うと、平北は首を傾《かし》げる。

「あの二人は常連さんだから、今度会ったときにでも言ってあげてください」

邪気のない顔で言われて、少々頬がひきつる。

あれだけの醜態を晒《さら》せばしばらく出入りできない、と思うのに、平北は社交辞令とはいえ来店してと言うのだ。

断ることなどできるはずもなく、はい、と返して俯《うつむ》く。

どうして人に迷惑ばかりかけるのだろう。平北たちにも、昨日いると知った元恋人の妻にも。こうして悔やむくらいなら自重するべきなのに、それすらもできない自分がいやになる。

唇を噛み、正座した膝の上で拳を握る。

不意に、外から聞こえてきた子供の声に、久能ははっと我に返った。

勢いよく顔を上げた久能に、平北が不思議そうな顔をする。

「どうしました？」

「あの、今何時ですか!?」

今日はまだ平日だ。もちろん、会社に行かなければならない。

焦る久能に、平北がのんびりと答えた。

「えっと、多分七時半くらい。でも、久能さんって会社この辺なんじゃないんですか？　間に合わない感じです？」

そう言われて、半分浮かせていた腰を止める。

——そうだ……ここ、会社から結構近いんだ。

自宅の最寄り駅から会社までは一時間程度かかるが、この喫茶店は会社と同じ沿線にある。駅もそれなりに近いので、始業三十分前に出ても十分間に合う。

少なくとも遅刻は免れたようで、ほっと息を吐いた。

「焦ったー……」

「間に合いそうですか？」

問われて、昨日からずっと彼の前で醜態を晒し続けているという事実に気づかされる。

　自分のことばかりで余裕がなく、情けない。

「大丈夫です。すみません。……あの、後日また改めてお礼にうかがわせてください」

「あ、待って待って」

　これ以上の世話になるわけにはいかないと帰り支度を始めようとした久能を呼び止めて、平北が立ち上がる。

「よかったら、モーニング食べていきません？」

「え、あの、いくらなんでもこれ以上は本当にご迷惑なので……！」

　先程、店じまいをしたと言っていたくらいだ。とんでもないと首を振る。

　そんな久能に、平北は鷹揚に「いいからいいから」と手を振った。

「朝に閉まっちゃう東風《こち》の、貴重なモーニングですよー。一緒に食べてってくださいな」

「でも、あの」

「俺もたまには誰かと一緒に朝ごはん食べたいし。ね、どうですか？」

　そうしましょうよ、と満面の笑みで迫られて、これ以上迷惑はかけるまいと思っていたのについ頷《うなず》いてしまう。

「よかった！　じゃあ、俺準備してるので、顔洗ってきてください。タオルは、洗面所に使ってないやつありますから」

洗面所の場所を言いながら、平北が足取り軽く階下へ駆け下りていく。

ついこっそり笑みを零して、久能は腰を上げた。シーツの洗濯や、せめて蒲団を干すくらいはしていきたかったが、致し方ない。蒲団をたたんで脇に寄せ、ハンガーにかけられていたスーツと、デイパックに寄り添うように立てかけられていた鞄《かばん》を手に取る。

お言葉に甘えて、二階にあった洗面所を借りた。喫茶店は洋風な造りなのに、住居部分は少々古めかしい日本住宅らしい。確かに、喫茶店も昭和から続いていそうな、レトロな雰囲気だった。

顔を洗い、小さめの鏡を見ながら手櫛《てぐし》で髪を直していると、どこからか「ぽん」となにかを叩《たた》く音が聞こえてくる。ぽん、ぽん、と軽快に響く音の正体がわからず、首を傾げながら一階の店舗へと続くドアを開ける。

やはり、昨日と同じ店だ、と今更実感した。少しオレンジ色をした明かりがついていないせいか、朝の店内は昨日よりも暗く見える。閉店後の店舗は、なんだか不思議な空気をまとっていた。

「あ、どうぞ座ってください」

昨晩と同じ場所に立っていた平北が、カウンター席を勧めてくれる。言いながら、彼が手を動かしたのと同時に「ぽん」と音がした。先程の音の正体は彼にあるらしい。

手元が見えないので、なにをしているかわからない。ちょっと覗《のぞ》き込もうとすると、再び「どうぞ」と着席を促されてしまった。

はっとして会釈をし、久能は昨日と同じ、入り口に近い席へと腰を下ろす。大人しく待っていると、バターのいい香りがしてくる。

「なにしてるんですか?」

「パンケーキを焼いてます。もうちょっとお待ちくださいなー」

「パンケーキ?」

先程から聞こえていたのは、このパンケーキを焼く音だったらしい。彼が手元のパンケーキをひっくり返すと、先程の「ぽん」という軽快な音がした。

朝はあまりしっかりと食べるほうではなく、しかも酒を飲んだ翌朝だったので食べきれるかどうか不安になってくる。おまけに甘いものとなると、ますます自信がなくなってきた。

不安な久能をよそに、平北は「お待たせしました！」と元気よく言って、カウンターにプレートを置いてくれる。

「はいどうぞ。東風特製モーニングでーす」

「……おいしそう」

ふっくらとしたパンケーキの上に、こんがり焼かれた拍子切りのベーコン、ポーチドエッグ、その上に黄色いソースがかかっており、薄切りのトマトとサイコロ状のアボカド、ルッコラが添えられている。トレイにはココットの容器が二つ載せられており、一つにはバターとはちみつ、もう一つにはヨーグルトとフルーツが盛られていた。

昨日はコーヒーにたっぷりミルクが入っていたが、今朝のコーヒーはブラックのようだ。その横に冷水と牛乳もある。

現金なもので、提供されたものを見た途端、空腹のような気がしてきた。

「はい、これもどうぞ」

差し出されたシュガーポットとミルクピッチャーを受け取る。

横の席にもう一つ同じメニューのプレートが置かれ、カウンターから平北が出てきた。

先程はパンツ一枚だったが、さすがに今はTシャツとデニムを身につけていてほっとする。

昨晩はギャルソンの恰好をしていたのであまりよくわからなかったが、軽装の彼はともすれば学生に見えるほどだった。

一体いくつなのだろうと疑問を持つ久能の視線などには気づかず、平北は笑顔でぱちんと両手を合わせる。

「いただきます！」

「あ、いただきます」

久能も倣って手を合わせ、フォークを手に取った。

どれにしようか迷って、ルッコラとアボカドを口に入れる。レモンの香りのするドレッシングがかかっていて、爽やかな酸味に食欲が出てくる。

「ルッコラはうちのプランターで作ってるから、今朝摘みたてですよ」

「え、そうなんだ……自分で作れるものなんですね」

感心している久能の横で、平北は久能の倍ほどのスピードで、皿の上のものを平らげていく。

朝からすごい量を食べるものだと感心しつつ、久能もパンケーキを口に運んだ。

「ん。おいしい！　甘くない！」

所謂《いわゆる》ホットケーキのような甘い味を想像していたが、それほどではなかった。食《は》んだ瞬間に、バターの濃い香りがする。思っていたよりもどっしりとしていて、食べ応えがあった。

「食事系にしたかったので、砂糖を殆ど入れませんでした。お好みでバターとはちみつを付けて食べてくださいね」

「へー……おいしいです、すごく」

昔、母親が作ってくれたホットケーキよりも厚みがある。まるでそのパッケージにあった写真のような出来栄えだ。

少し固めのポーチドエッグと、塩味の利いたベーコン、マヨネーズに似た風味のソースに絡めて食べると、おいしさに思わず頬が緩んでしまう。

「ホットケーキとパンケーキってなにが違うんですかね?」

「なんか甘くて厚いのがホットケーキで甘くなくて薄いのがパンケーキっていう説もあるみたいですけど、単に地方やなんかでの呼び方の違いな気がしないでもないです。俺もよくわかりません」

あはは、と笑って、平北が席を立つ。見れば、もう食べ終わったらしく彼の皿は空だ。

慌てて食べ進めると、平北は手を振った。

「あ、いいんですいいんです。すいません、俺すごく早食いなんで……。ゆっくり食べてください」

「あ、はい」

なんだか申し訳なく思いつつ、パンケーキを再度口に運ぶ。

「こういうメニューって、夜も出したりするんですか?」

昨晩はコーヒー一杯で撃沈してしまい、フードメニューがあるのかは見ていなかった。これはモーニングだというから多少は違うのだろうが、食事もできるのかと疑問を抱く。

「多少は出しますよ。パンとかパンケーキとか」

「パンも焼くんですか?」

見た感じは一人で切り盛りしているようなので、大変そうだと感心する。平北は微かに苦笑して頭を掻《か》いた。

「あ、そんなに感心されるとちょっと種明かしすんの躊躇うな……」

「種明かしって?」

「パンを焼くって言ってもそう難しいことじゃなくて……ホームベーカリーを使っち

ゃうんですよ」

平北がそう言って、調理場を指さす。その先には、炊飯器のような白い電化製品が鎮座していた。

発酵だけもできる機種らしく、食パンだけでなくシナモンロールなどを作るときにも一役買っているらしい。

「だって俺、プロとかじゃないので、そんな難しい料理とかできないですもん」

「調理師免許とかいらないんですか？」

「喫茶店とかって、食品衛生責任者の資格持ってる人が一人でもいれば開業できちゃうんですよ。だから、調理師免許なくてもなれるんです」

「へえ……」

そうは言っても、あまり料理が得手ではない久能にしてみたら、十分すぎるほどだ。

特に今眼前にあるパンケーキなど、本当によくできている。

「あ、でもバターとか粉とか、一応いいもの使ってるんですけど」

「これも、すっごくおいしいです」

ちょっと前のめりに褒めると、平北がはにかむ。その顔がやけに幼く見えて、久能は首を傾げた。

「あの、平北さんて、結構お若いみたいですけど……店長さんなんですよね」

久能の問いに、平北が目を瞬かせる。

「若いって言っても、久能さんとそう変わんないと思いますけど」

「え、いくつですか？」

「二十四です」

学生ではなかったが、やはり若い。五歳も違えばだいぶ年齢が離れているような気がした。

久能が笹野と付き合い始めた頃の年齢だ。そんな風に結び付けてしまった己に苦笑する。

きっとまだ、なにもかも楽しい頃なんだろうな、と年寄りじみたことを考えてしまった。久能は確かにこの年齢のとき、なにもかも順調に行っていると思っていたから。けれど、当時の自分よりも平北のほうがしっかりしている。

「久能さんは？」

「今年で二十九になりました」

「へー。じゃあちょっとだけお兄さんですね」

その「お兄さん」は昨晩ひどい醜態を晒して迷惑をかけたのだ。そう思うと、本日何度目かのとてつもない羞恥心を覚えて閉口してしまう。

　色々と未熟な自分を思い返すと、せっかく穏やかになっていた気持ちが再び荒れるような気がした。

「久能さん？」

「いえ、なんでもないです。じゃあ二十四歳で喫茶店の店長さんなんですね。すごいな」

　一体どういう経緯で店を構えたのかなど疑問に思っていると、平北がいやいやー、と首を振った。

「俺は単なる雇われもんです。店長は別にいるんですよ」

「え、そうなんですか？」

　この店も、久能が泊めてもらった部屋も、平北のものだとばかり思っていた。

　家具などが極端に少ないとは思っていたが、平北の荷物が置いてあったのに。

「じゃあ、この貼り紙とかも」

　昨晩話題に上っていたものを指さすと、平北が目をきらきらと輝かせる。

「それは俺のです！　ていうか、俺が書いたんですけど」

「え……そうなんですか」

どこかで調達したものだとばかり思っていたが、どうやら違うらしい。

達筆な筆文字が平北によるものだとしたら本当にすごい。感心していると、平北はくう、と唸った。

「優しい……久能さんマジ優しい……！」

「な、なにがですか？」

突然の賛辞に驚いていると、平北が肩を落とす。

「だって常連さん誰も褒めてくれないんですもん……！」

「あー……」

確かに昨夜の面子《メンツ》は、誰も褒めていなかった。

けれど、久能はお世辞で言ったわけではなく、結構このセンスが嫌いではない。

それに、同じく評判の悪かった「悲しみの溶けるコーヒー」というのも割と好きだった。コーヒー自体はおいしいし、それが泣くきっかけにもなったからかもしれない。

醜態を晒したが、泣いたおかげですっきりとしたのも確かなのだ。

「店長さんは別にいるにしても、上に住んではいらっしゃるんですよね？」

「はい。俺、普段はバックパッカーしてるんです。だから俺、あの部屋にあったバッグに全部入りきっちゃうくらいしか荷物持ってないんですけど」

「バックパッカーって……海外旅行する人でしたっけ」

「そう！　でっかいリュック背負って、世界中のいろんなところに行くんです！」

「へー……」

国内ですら一人で旅行には行かない久能にとって、完全に未知の話だ。

なんとなく楽しそうだとは思うけれど、お金や仕事はどうするんだろう、と真っ先に思ってしまう時点で、きっと自分には向いていない。

「日本を知ってる国限定ですけど、そういうとこだと紙と筆があると便利なんですよ。路上パフォーマンスで路銀が稼げる……こともある！」

「そ、そんな稼ぎ方があるんですね」

苦笑して、コーヒーに口をつける。少し温《ぬる》くなったコーヒーは、すっきりとした苦みですごく飲みやすい。舌に残らず、さらりと流れる。

昨晩飲んだものとは、少し風味が違っている気がするのだが、自信はない。

砂糖は入れずにミルクだけを入れて飲むと、食事によく合う。思わず笑んでいたら、「おかわりありますよ」と声をかけられてしまった。

他愛のない話をしながら、久能は朝食を平らげる。ごちそうさまを言うのと同時に平北が食器を下げたので、せめて片付けくらいはと申し出てみたが、断られてしまった。

素人を調理場に上げるわけにはいかないか、と反省する。

「じゃあ、お世話になりました。そろそろ会社に行きます」

「はい、いってらっしゃい」

「あの、お代はいくらですか？」

昨日の分もまだ払っていないので訊ねると、平北は今気づいたかのような顔をした。

一応雇われ店員だと言っていたが、ここの経営は大丈夫だろうかと少々心配になる。

「昨日のコーヒーは『おすすめ』でしたもんね。五百三十円です」

「……ん？」

財布を取り出し、払いかけて手を止める。

「安すぎません？　っていうか、昨日のコーヒー代しか入ってなくないですか」

「え、だって昨日コーヒーしか頼んでませんよね？」

「そうじゃなくて、今朝のモーニング代が入ってないですよ」

またうっかりしていたようだと笑った久能に、平北は首を捻《ひね》った。

「いや、これは別にお金取りませんよ？」

「ええ!?」

「だ、だってただの朝ごはんですもん。ちょっとかっこつけてモーニングとか言っちゃいましたけど」

初めからお金を取るつもりなどなかったという平北に、久能は茫然《ぼうぜん》とする。誰にも出したことのないメニュー、という特別な感じはちょっと優越感を覚えたけれど、それではあまりに申し訳ない。

「いえ、払います」

「払うって言われたって値段決まってないですもん。御代《おだい》は結構です」

払う、払わなくていい、という不毛な言い合いをしばし続け、平北が息を吐く。

「会社遅れますよ」

「でも……っ」

先程までは十分早いくらいの時間だったが、しばらく言い合いをしていたせいで少々時間が押してしまった。

でもこのままでは納得がいかない。そういう気持ちが顔に出ていたのか、平北が苦笑した。

「じゃあ、こうしましょう。久能さんはまたうちに絶対コーヒーを飲みに来る。それでどうでしょう」

「でもそんな」

「だって、一日誰も来ない日だってあるんですよ。常連さん、増えてほしいですもん。謝られるとかお金もらうとかじゃなくて、それが一番嬉しいです」

「……わかりました」

昨日の醜態も含めて、それで許してくれるという鷹揚な年下の男に、ありがたいやら情けなくなるやらで、久能は素直に頭を下げた。どうも彼と会話をしていると自分の卑屈さや頑固さを思い知るようで、据わりが悪い。

平北の提示した五百三十円をお釣りのないように払い、ドアを開く。平北は、わざわざ店の外まで見送りに出てきてくれた。

「あの、色々とお世話になりました。また来ます」

振り返ってきちんと頭を下げると、平北は同じく礼を返した。

「また是非来てください」

「もう、昨晩のような醜態は晒しませんから」

そろそろ三十路《みそじ》も目前だというのに、人前で大の男が泣くなんてありえないことだ。これ以上ないほどの恥をかいたと悔いる。けれど平北はそれを責めるでもなく、むしろ不思議そうに久能を眺めていた。

「……泣いたっていいと思いますよ？」

ドアに寄りかかりながら、平北が目を細める。

「知ってます？　涙って、流すとその人の悲しみが溶けるらしいですよ。ストレスとかも」

そう言いながら、平北が自分の目元を指でさす。

「そうなんですか？」

「だから、泣くとすっきりするんだって。無理して我慢するのも間違いじゃないけど、泣いて楽になるなら、きっとそのほうが体にもいいと思います」

一人で泣くのが辛《つら》いなら、東風が、誰かが泣ける場所であってもいいと思っている。

そう言って平北は笑った。

「泣きたくなったら、いつでもどうぞ」

「……もう泣きませんってば。忘れてくださいお願いだから」

素面《しらふ》になった朝に、夜の涙の話をされるのは思ったよりも恥ずかしい。

ほとほと困り果てた様子の久能に、平北は吹き出した。

完全に揶揄《からか》われているのはわかっていたけれど、存外それに腹が立たない自分に驚いていたりもする。

「じゃあ、気を付けていってらっしゃいませ」

「はい、いってきます」

なんだか朝帰りのような科白だ。

そんな風に考えている自分に内心苦笑したが、表情には出さなかった。

会釈をしてから踵《きびす》を返す。

ふと思い立って振り返ると、平北はまだドアの前に立っていた。

「あの」

殆ど衝動的に、久能は声を上げた。平北が、微かに目を瞠《みは》るのがわかる。

話しかけたはいいものの、特になにか話題があったわけではない。見送る平北に、なにか一言、声をかけたかっただけなのだ。

このまま黙っているわけにもいかないので、久能は思いついたことを咄嗟に口にした。

「あの、――ちなみに、今朝のコーヒーはなんですか？」

昨日は、久能のために「疲れを癒す、悲しみの溶けるコーヒー」を出してくれた。

本当にそうなったような気がしたのだ。

殆ど大喜利《おおぎり》を提案したような気分だったが、平北がなんと返してくれるかちょっとわくわくする。

平北は一瞬思案するように腕を組み、ぱっと表情を明るくした。

「今日は、『笑顔が何倍も素敵になるコーヒー』です！」

平北のコーヒーへのネーミングに、久能はぷっと吹き出す。

本人的には会心の答えなのだろう、ご満悦らしく得意げな顔をしているのが少し可愛いかもしれない。

——笑顔が何倍もって、笑ってるのが前提じゃないか。

「おいしかったです！　ありがとう」

「どういたしまして。いってらっしゃい」

ひらひらと手を振る平北に、久能も振り返して駅へと向かう。

いつの間にか、自分が満面の笑みを浮かべていたことに、改札を通ってから気が付いた。

昨夜は、こんな風に笑えるようになるとは思ってもみなかった。

案外と現金な自分の気持ちと表情筋だ。

——何倍も、か。

本当にご利益があるかもしれない。そう思いながら、久能は頬を軽く叩いた。

十分間に合う時間に出社できた久能は、自分の席に座って息を吐いた。

昨晩の涙の原因になった男は、もう会社に来ているだろうか。

久能と笹野は、同じ会社に勤務しているが所属部署は少々離れているので、わざわざ確かめに行かないとわからない。

先日笹野が昇進して統括部長の立場になり、久能の所属するセクションも受け持つようになったが、それまでは社内で殆ど接点がなかった。

それでももし同じ部署だったら、彼が既婚であるということが耳に入ったかもしれない。新しく上司になった笹野の話は、他の社員はもう知っているのかもしれないが、久能は知らなかった。

——……もしかして、それもあってバラしたのかな。

まだ知らない様子の久能を見て、人伝《ひとづて》に情報を得る前に、自分から暴露しようと思ったのかもしれない。

CAFFEE
純喫茶 東風

それに、久能が転職をするというタイミングも都合がよかったのか。

なんだかいやな風に符号が当てはまって、久能は眉を寄せた。

パソコンを立ち上げ、仕事用の眼鏡を着用する。出社する社員をモニタ越しに見ていて、その中に見慣れた人物を認め、心臓が鳴った。

「おはよう」

「笹野さん、おはようございます」

やる気があり、仕事も有能な笹野は、同僚からの受けもいい。そこかしこから上がる挨拶に応えながら、笹野は久能のほうへ向かって歩いてきているようだった。

笹野を見ていやな気分になったが、それほど絶望的な気持ちではない。ふと、東風を出る間際の彼の科白が蘇《よみがえ》った。

――「笑顔が何倍も素敵になるコーヒー」です！

ドヤ顔の彼が思い浮かんで、ふっと笑いが零れる。その直後、頭上から笹野の言葉が降ってきた。

「おはよう、久能くん」

「おはようございます、笹野さん」

平北とのやりとりを思い出したのが尾を引いて、元気よく笑い返してしまった。笹野が少々驚いたような顔をし、久能もまずいと固まる。

　笹野はすぐに表情を戻すと、ちょっといいかな、と久能を呼んだ。心情以外には断る理由がないので、首肯して彼を追う。

　小会議室に入り、一体なんの話だろうと狼狽《ろうばい》している久能に、笹野は手に持っていた書類の束を手渡した。

「これ先週の案件。少しミスが目立った」

「え……す、すみません」

「ざっとチェックして赤入れたから、全体的にもう一度チェックして出しなおして」

「はい」

　笹野は仕事が速く正確で、まだ四十前の若手の中では一番のホープだ。会社の在籍年数だけではなく、実力がなければ出世はしない。彼の有能さは、部署が離れていたときも耳にすることがあったので知っている。

　笹野は、叱責や注意をするときに決して人前では言わない。フォローも同様だ。声を荒らげて怒ることもない。誰かが恥をかくようなやり方だけは絶対にしないのだ。

「久能くんの『売り』は速さと正確さだろ？　安定感があって、頼りにされてるんだから」

「気を付けます」

「うん。あまり気負わずに。でも正確にな」

そう言って、髪をくしゃりと撫《な》でる。それをするのは、おそらく久能にだけ——だと思われる。久能が逃げると、笹野は片眉を上げた。

どこまでが他の部下と同じで、どこまでが久能だけ違うのか、そんなことを気にしてやきもきしたこともあった。嫉妬して、そんな自分がいやで、でも恋愛をしているのが嬉しくて楽しくて、笹野のことが好きで。

昨晩あんなに幻滅したのに、一日前と変わらない笹野に戸惑い、そんな風にさせられるのが悔しい。そして、腹が立つ。

「……昨日、帰らなかったの？　ネクタイ、昨日のままだ」

髪を撫でた手が、そっと目元をぬぐっていった。問うた笹野が、なんだか嬉しそうにしていることに、ちょっと腑《ふ》に落ちない気持ちになる。

デートをキャンセルされたり、セックスの真っ最中にその相手の配偶者と話をさせられたりして傷ついたりしたことくらいわかっているはずだ。

泣いて、酔って、帰れなくなるほど遅くまで飲んだことも、きっと予想がついている。

久能がそれくらい、笹野のことが好きだったというのを、もしかしたら確認したいのかもしれない。そして、まんまと思う通りに傷ついた久能を見て楽しんでいるのか。唇を噛み、久能は視線を逸らす。笹野はそれをあげつらうでもなく、ふっと笑って再び久能の頭を撫でた。

「きれいな顔してるんだから、あんまり睨《にら》むなよ。今度、埋め合わせするから」

「……必要ありません。もう、あなたとは」

「なに拗《す》ねてるんだよ」

「拗ねてるんじゃありません。……こんな話、会社でしたくありません」

会社の外でも、もうしたくない。これで終わりにしたい。

そう言い募るより先に、笹野は苦笑して、久能のネクタイをついと指で引っ張って、出て行った。

いつの間にか詰めていた息を吐き出し、久能は壁に背を預ける。

そつなくエスコートしてくれる笹野が、まだ二十代前半だった久能には魅力的に見えたのだ。

それは多分、自分が憧れていた「大人の男」というものを当てはめたとき、笹野にぴったりと合致したように思えたからかもしれない。

仕事ができて、包容力があって、リードしてくれる笹野が好きだった。

辛いときに話を聞いてくれて、慰めてくれる。ただ抱きしめてほしいとき、愚痴を聞いてほしいとき、叱咤《しった》激励してほしいとき、気を失うくらい滅茶苦茶《めちゃくちゃ》に抱いてほしいとき——笹野は、そういう雰囲気を察して、与えてくれるのがとても上手だ。

諭す言葉にも、説得力があった。元々は、そういう頼りがいのあるところに惚《ほ》れたのだ。

今はもう、笹野が「理想の大人の恋人」ではないことを久能は知っている。

家庭があって、それを黙ったまま年下の男と遊べる男だ。あの様子では、答えも出さないまま付き合いを続けるつもりなのだろう。

——……わかってたんだ。本当は。

不倫関係だったのは予想外だったけれど、自分以外にも相手がいそうだということくらい、わかっていた。

それでも、ずるずると引っ張りすぎて見切りをつけるタイミングが測れなかったのは、それを訊いて彼の不興を買うのが怖かったからだ。以前、冗談交じりに浮気をしてないかと訊いたら「俺のことが信用できないわけ？」と怒らせて、しばらく無視されたことがあった。

それに、久能のような性嗜好の場合、一夜限りの相手は見つかっても「恋人」を作るとなると簡単にはいかない。自分のような男が、笹野以上の恋人を得られるかどうか、わからなくて不安だった。

眼鏡を外して目元を擦り、久能は嘆息する。

「……さっきの、別れ話だよね」

誰もいない小会議室に、独り言を落とす。

応えのない問いの答えは、きっと「否」だ。

また、話をする必要がありそうだ。すぐに彼との愁嘆場を演じる気力はまだない。この期に及んで、笹野を好きになったときの気持ちを、まだ大事にしたいと思っている。

振り返ったときに、それくらい二十代最初の恋は楽しかった。

胃のあたりが不快で、ぎゅっと唇を噛む。

不意に、ガラス窓に映る、己の顔を一瞥《いちべつ》した。ひどく疲弊した顔に目を逸らす。そのとき、今朝別れた平北の顔が思い浮かんだ。

――「笑顔が何倍も素敵になるコーヒー」です！

ぽんと投げられて受け取った言葉は、まだ久能の手の中にあるような気がする。

笑顔、と心中でつぶやいて、久能は眼鏡をかけてガラスに映った己に向かい、再び表情に笑みをのせた。

ぎこちないけれど、平北のコーヒーのご利益に背中を押される。

「……よし」

気合いを入れなおし、久能は足早にオフィスへと戻った。

久能は初めて立ち寄って以来、それなりの頻度で東風へ出向くようになった。

営業しているほうは大変かもしれないが、どれだけ仕事が押しても必ず店が開いている、というのはいい。コーヒーは好き好んで飲むものではなかったのに、今はメニューにあるものを一通り試すまでに至った。

「純喫茶」というのは、酒類を出さない喫茶店のことを言うらしい。初日に酒をかっくらって入った久能が言うことではないが、酔っ払いが大騒ぎをしない、というのも心地よい空間を作っているのかもしれない。

それに、たまに顔ぶれの変わる常連たちと会話をするのもなかなかに居心地がよかった。

これまで自分は、割と人の多いところに慣れない性格だと思っていたのに、躊躇なく会話に入っていけていることに少々驚きも覚えている。

平北と、部屋まで運んでくれたという梶原と小隅にお詫《わ》びの品を持って再来店したとき、まったく同じ面子がいたせいで「で、結局あれはなんだったの？」と興味津々に突っ込まれた。

五年も付き合っていた恋人が既婚者だった。誕生日にそれを知らされた。

そう説明した瞬間、揶揄う気満々だった面子の空気が凍った。

そんなことで泣くなよ情けない、と言ったのは女性客の水野《みずの》だけで、あとの男性陣は激しく同情してコーヒーまで奢《おご》ってくれたのだ。

「へー。で、それから延々恋愛相談してるんだ」

初来店だというのに、まるっきり馴染《なじ》んでいる友人の溝口《みぞぐち》に突っ込まれ、久能は言葉に詰まる。

溝口は大のコーヒー好きの男で、最近久能が喫茶店に通い出したと聞いて、「行きたい！　つれてけ！」と横柄に言い放った。

先程「ブルーマウンテン最強」と主張し、常連のヨシさんとすっかり意気投合している。

ヨシさんは、初日に居合わせた六十代の男性だ。フルネームは山上義実《やまがみよしみ》さんだそうで、常連客の間でヨシさんと呼ばれている。元々は、平北に店を任せているというまだ見ぬ店長の友人らしい。

「しかし、相談役なんて大変ですね。こいつ話長いでしょう」

「そんなことないですよ。どちらかというと、久能さんはみなさんの聞き役です」

平北が言うと、溝口は彼に「ほんとにぃ？」と疑わしげな眼《め》を向ける。あまりに馬鹿正直に恋愛事情を吐露した久能に引きずられるようにして、他の面々も時折恋愛事情を口にしたり、久能の心配をしてくれるようになった。

「でも、まだきちんと別れてないんですよこいつ」

あっさりとバラした溝口を睨むが、鼻で笑い飛ばされた。

「俺はもうやめるって言ったし」

「あのな、『付き合いましょう』『そうしましょう』ってやりとりがないとお付き合いが始まらないように、『別れましょう』『そうしましょう』ってやりとりがないと別れたことにはならねーの。俺んとこ来る前に、きっちり別れ話つけとけよ」

「……わかってるって……」

なんとなく口ごもりながら言うが、溝口は「どうだか」と肩を竦《すく》めた。

溝口は大学時代からの友人で、久能がゲイだということを知っている。数少ない同じ業種ということもあり、友人の中では一番接触することの多い男だった。たびたび飲みに行ったりもする。

久能が現在の会社をやめるのは、溝口に誘われたからだ。

「溝口さんは、どんな会社に勤めてらっしゃるんですか?」

平北が水を向けると、溝口は久能をつついた。

「やってる仕事としては、この男とほぼ一緒」

内容は具体的には言わず、溝口はそれだけを言った。

「へー、そうなんですか」

溝口が勤めているのは、洋画やドキュメンタリーの字幕やナレーション、吹き替えなどの翻訳を請け負う会社だ。

以前は新卒なども採用していたが、教育や採用試験にコストや時間がかかるため、最近は殆ど募集していなかったらしい。

実績や経験のある人をそのままスカウトするほうが、離職率も高いが効率もいい。

そのため、久能は以前からたびたび声をかけてもらっており、笹野とのいざこざの前に転職をすることに決めていたのだ。

「まあ、ジャンルがちょっと違うけれども」

今の仕事はそこそこ大きな会社の社内翻訳なので、それほど無茶な仕事は振られないし、収入もそれなりに高い。

溝口の会社のほうは、昔からやりたいと思っていた映像翻訳の仕事が主で、その内容に魅力があった。会社の規模が今より小さく、激務になることが多いというが、それでもやってみたいと思わせるものだった。それにきっと、ジャンルの幅も広がる。

「どういう系のお仕事なんですか?」

「んー……ざっくり言うと、英語?」

英語、と繰り返して、平北が感心したように頷いた。本当にざっくりだな、と苦笑する。

それから取り留めもなく雑談をして、二十三時を過ぎた頃に久能と溝口は席を立った。

「ごちそうさまでした」

「あ、そうだ。お二人ともちょっと待ってください」

呼び止めて、平北が小さなビニール包装のものを一つずつくれる。

「なんですか、これ？」

中には、小さなピラミッド形の布袋のようなものが入っている。

問うと、平北はいたずらっ子のような顔で笑った。その表情にきゅんとして、つられてはにかんでしまう。

「この間、『コピルアック』ってなに？　って話してたじゃないですか」

先日、常連客の誰かがそんな話を確かにしていた。

コピルアックはインドネシアなどで作られているコーヒーで、ジャコウネコがコーヒーの果実を食べた後の糞《ふん》から消化されずに残る豆を取り出し、洗浄して乾かす、という変わった製造方法を用いる。希少種のそれを、どんな味なのか一度試してみたい、と盛り上がったのだ。

溝口が「へー！」と声を上げる。久能は先の会話で初めて知った銘柄だったが、溝口は知っていたらしい。

「これそうなの？」

「そうなんです。個人的に買ったやつなんですけど、試飲程度ですがおすそ分けということで」

ビニールの中に入っているのは、手作りのコーヒーバッグらしい。器用だな、と感心するのと同時に、平北の手作りだと思うとそれだけで嬉しくなる。

「ありがとうございます」

「どういたしまして。お気を付けて」

ひらひらと手を振る平北に会釈をして、久能と溝口は東風を出た。

なんだか、勿体《もったい》なくて飲める気がしない。希少なものだから、というのも勿論《もちろん》だが、初めて平北からもらったものだから。

手の中のコーヒーを眺めていると、溝口が「いいね」と言った。

「いいだろ、あの店」

「いや、そっちじゃなくて。それもだけど」

一体なんの話かと首を傾げると、溝口はにっと笑った。

「お前、ああいうタイプのほうが向いてるんじゃない？」

胸をときめかせたのがそんなにわかりやすく顔に出たかと内心動揺する。

「は？　なにそれ」

「話してて気づかなかったのかよ？　お前、近年まれに見るくらい超にっこにこだったぞ」

「……は？」

まったくそんなつもりはなかったので、その指摘に驚く。

確かに、最近、笑顔を意識するようにはなっていた。けれど、特別平北に対して含みはないつもりだったのに。

「それはそうとなんで別れ話に失敗したんだよ。ていうか、お前今彼すげえ長かったじゃん。どうしたんだよ」

恋人と別れたかったがうまくいかなかった、という話しかまだ彼にはしていない。まだ人に話すには整理がつけられていなかったからだ。

少々心配そうに問うた溝口に、久能は苦笑する。

実は、と話し始めた久能に、溝口の表情がみるみる歪《ゆが》んでいった。

不倫をしている事実が判明したこと、その妻と電話越しに接触したこと、それを踏まえて、久能は笹野に、あれから幾度か別れ話を持ちかけたことなどを、ぽつぽつと口にする。

――なんで？

笹野から飛んだ第一声に、久能もどう答えたらいいかわからなかった。

きちんと、自分の中では筋道を立てて説明したはずだったので、彼がなにを疑問に思っているのかがわからなかったのだ。

――なんでって、だから、俺は笹野さんが結婚しているなんて知らなかったんです。結婚している人とは、恋人にはなれないし、恋人ではいられないと思います。

知らなかったとはいえ、何年も関係を持ってきたことは事実だ。間に合うとは思えないけれど、解消しよう――そう繰り返し説明したのに、笹野はまるでわけがわからないというように首を捻った。

――なんだよ。そんなことを言うために呼び出したのか？

――そんなことって……大事なことですよ。

今までそれで問題なくやってきたのに、今更なにを問題視しているのかわからない、と笹野は言った。

女と付き合えば浮気だが、男と付き合っても浮気にはならない。男とは結婚できないし、子供も生まれない。だから嫉妬をするのは間違っているし、同列に語るのも間違っている。

そんな笹野の暴論に、久能は眩暈《めまい》がした。

そして、自分がそれほど軽んじられていたことを知って、多少なりともショックだった。

一体自分は、この男のなにが好きだったのだろうと、信じられない気持ちになった。とにかく冷静になって考えなおせ、とまるで久能のほうがおかしいとばかりに、諭すような口調で言われて話し合いは終わる。

これは両者納得しての別れを迎えるのは無理だと判断して、自然消滅を狙って退職の時期が来るのを待っているのだ。

そこまで話すと、溝口は苦虫を噛みつぶしたような顔をした。

「なんっだそりゃ……。本気で言ってるなら、頭おかしいんじゃねえのそいつ」

「溝口は、洋食でなにが一番好き？」

唐突な質問をすると、溝口が「は？」と眉を顰める。

「なんだよ突然。……えーと、グラタン」

怪訝《けげん》そうにしながらも律儀に答えてくれる溝口がおかしくて、久能は笑う。ただ、あまりうまく笑えていなかったのか、溝口が右目を眇めた。

「和食だと？」

「そりゃサバの味噌煮《みそに》一択だな」

「じゃあ、グラタンとサバの味噌煮、どっちが好き？」

「どっちって、その日の気分によるだろ。ジャンルが違うし比べようが……」

「そういうことなんだって」

今のとまったく同じ会話の流れで、最終的に、だから好きな男はお前が一番、好きな女は妻が一番、比べようがない、と説明された。

そう言うと、溝口は「料理と人間一緒にすんな」と苦々しく言い捨てた。

「屁理屈《へりくつ》だ。それなら、俺はあらゆる食い物の中でラーメンが一番好きだ。他の追随を許さないくらいラーメンが好きだ。よってその論法はおかしい」

馬鹿か、と溝口が吐き捨てる。その評価が久能に対してのものか笹野に対してのものかはわからないが、こうして怒ってくれる友人に、心が慰められる。

「……普段は、普通に、まっとうな人なんだよ」

会社でもいやな仕事を率先してやるような人だ。同僚や上司、部下からの信頼も厚く、仕事もできる。尊敬できる部分も、たくさんあった。そこは今でも変わらなくて、そんな笹野を好きになったのにと切ない気持ちになる。

「仕事人としてはどうか知らねえけど、こと恋愛関係においては屑《くず》じゃねえか」

「……そんな人だなんて、知らなかったんだ」

付き合っていて、ちょっとおかしいな、と思う言動があっても、そこまでだとは思っていなかった。

「結婚できない相手とは浮気にならねえって、なんでだよ。妊娠しないから浮気にならないって、じゃあそいつにとって久能はなんだったんだよ。オナホか。……あ、悪い」

「……いや、うん。そうだよな」

正直なところ、そう言われていたのと変わらないような気がして、そんな心情を笹野に吐露したこともある。

けれど、そのときも「俺をそんなやつだと思ってたのか？」と責められ、「見損なった」と言い返された。

後から思えば色々と反論できるけれど、咄嗟に言い返すのは本当に難しい。なにも言えなかった自分にもイライラしてしょうがない。

「……まあ、俺もさっきはああ言ったけど、そういうタイプは説得するより逃げたほうが早いわな。早いとこうちに逃げてこい、な」

そんな風に言ってくれる友人の存在がありがたい。

これを機に、引っ越しもしようかと考えていた。

携帯電話の番号も、メールアドレスも変えて、そのまま離れてしまおうと思っている。

久能が息を吐くと、溝口は先程平北からもらった土産を鼻先に持っていきながら「もう年上はやめれば？」と言った。

「は？」

「凭《もた》れて甘えさせてくれる年上より、優しく癒してくれる可愛い年下のほうが向いてるのかもってことー」

コーヒーバッグを振り、匂いを嗅ぎながら、まるで歌うように溝口が言う。

「……なに言ってんだよ。あの人は恩人みたいなもんで。それに、年下だし、ゲイじゃないし」

「俺、具体的に誰とは言ってないけど？」

揶揄うような科白に、久能はぐっと詰まる。行間を読めば平北のことを指しているのは明白なのに、そういう言い方はずるい。

「俺は別に」

「言い訳するのは気になる証拠ー。ふんふふーん」

久能の言葉など聞いていないのか、鼻歌を歌いながら溝口が先を行く。

——意識して、変な態度を取ったらどうしてくれるんだ。

平北からのプレゼントを見やり、息を吐いた。

　東風に通い始めてから、今日は誰がいるだろう、どのコーヒーを飲もう、と思って、終業時間が待ち遠しくなっていた。

　──今日、ヨシさん来てるかな。この間ほしいって言ってたやつ見つけたんだけど。

　先日居合わせたときに、消せるボールペンを探しているが、近所でほしい色と細さがない、と言っていた。それを、今日の昼にふらりと立ち寄った、文房具と食品類などが売られている小さなスーパーでたまたま見かけたので買ってしまったのだ。

　きりのいいところまで仕事をして、早く東風へ向かおう、とパソコンを睨む。

「──久能くん」

　英文の羅列を流し読みしているところに声をかけられて、久能は顔を上げた。

　斜め後ろに、書類の束を持った笹野が立っている。

「なんか最近楽しそうだね。なにかあったの？」

「──いえ？」

今までだったら、趣味でもなんでも話していたが、久能は喫茶店通いにはまっていることを笹野には言っていない。

以前までは、恋人とすべての時間を共有できたらいいと思っていたからかもしれない。それをなんの違和感もなく思っていたことに、最近気が付いたのだ。

それはきっと、自分の自信のなさや幼さの表れだったのだと思う。

溝口に別れられていない、という指摘を受けたが、笹野との別れ話に相変わらず進展はない。ただ、着信拒否をしていないので、何度かメールや電話が来た。

さっさと別れ話を進めたいと言っても、「俺が本当に好きなのはお前だけだけど、今は妻がいなくて話ができない」とか「子供が熱を出しているから、今は付き添ってやりたい」とか、色々と理由をつけてのらりくらりと躱《かわ》されてしまう。

「必ず別れる」「もう夫婦関係は冷めていて家庭内別居状態」「子供が具合悪くて」などと言ってごまかされ続け、もういい加減にして別れましょう、と言うと今度は「妻と別れてお前と一緒にいたい」と真剣な顔で言われるのだ。

その様子は嘘を吐いているようには見えないのだが、いずれ、結果的には嘘になることをもう久能は知っている。

この会話をしたのは、一度や二度ではない。

きっと、それを言っているときは紛れもなく本気なのだろう。家に帰ると気が変わる、というだけで。

ここ数日間のあれこれを思い返して溜息を吐くと、笹野は首を傾げて、書類を久能の机に置いた。

「それ、今久能くんが携わってる案件の資料。特に重要なところに附箋貼ってあるから、目を通しておいて」

「あ……はい、ありがとうございます」

笹野は久能だけではなく、他の部下にもこういう手助けをしてくれる。そのくせ、必ず同量かそれ以上の仕事をこなしているのだから恐れ入る。

いくつかついている附箋の箇所に目を通すと、後で調べようと思っていた内容が詳しく書かれていた。

——……うーん……。すごいな本当に。痒《かゆ》いところに手が届いてる……。

ぺらぺらと資料を捲り、最後のページの附箋に目が留まる。

『今日、いつもの場所に二十一時』

今までなら多少の後ろめたさとともに心が浮き立ったりした。

けれど、久能が一番に抱いたのは「今日はすぐに東風に行こうと思ったのに」という落胆だった。それに、なんの前触れもない誘いは久能には予定がないと思っているようでもあるし、あったとしても笹野を優先すべきだ、と思っていることの表れのようでもやもやとした気分になる。

そして、今までそういう感想をあまり抱かなかった自分にも気づいて愕然《がくぜん》とした。

——なんか、頭痛いな。

心情的なものに引きずられたか、顳顬《こめかみ》のあたりがずきりと痛む。

モニタの見すぎかもしれないと痛む場所を押さえながら、その短い文章をすぐに上からペンで黒く塗りつぶし、剥がしてごみ箱に捨てた。

こういったやりとりをするときに、笹野は絶対に電子の類いを使わない。原始的な方法が一番時間を消費しないし、なにより処分がしやすいからだ。

以前は秘密めいたやりとりに多少心が躍っていた。けれど今となっては、自分が日陰者だと思い知るばかりで辛い。

それから間もなくして、笹野は退社していった。

男同士の同僚なので同時に出ても問題はないのかもしれないが、あまりに頻繁だと怪しまれるからか笹野は大概時間をずらす。もしかしたら別の理由もあるのかもしれない。

三十分ほどたった後に、久能も会社を出る。

いつもの場所、というのは会社の最寄り駅近くのホテルにあるバーラウンジだ。笹野につれてきてもらうまで、久能は本格的なバーなどに入ったことがなかった。ショットバーなどに行ったことはあるけれど、ホテルなどのバーは利用したことがない。大人になったようで嬉しかったが、今はもうすれてしまったのか特に感慨はない。

入り口を通ると、奥の席で笹野が飲んでいた。久能に気づいて片手を挙げる。

「すみません、遅くなって」

「大丈夫。なにか軽く食べる？」

笹野の隣に座り、メニューを眺める。

まだ東風に行きたいという気持ちを引きずっていたため、カルーアミルクをオーダーしたら、「女の子っぽいもの頼むんだな」と笑われた。

ずき、と再び頭痛がする。

我慢できないほどではないと思い、すぐに出てきた酒に口をつけた。コーヒーとコーヒーリキュールでは味が違って当たり前なのに、求めていたものとの違いに落胆する。

軽食を摘まみながら笹野が色々と話しかけてきたが、適当に相槌《あいづち》を打つだけに留《とど》めた。

自分から話したいことは、一つしかなかったからだ。今日だって、その話をするために会っているはずなのに、どうして関係のない会話で時間を浪費しなければならないのだろうと思う。

——……なんだか、東風でみんなと話してるほうが面白い。

共通の話題ばかりではないし、中には興味のない話だってある。けれど、平北に出されたコーヒーを飲みながら誰かの会話を聞いたり、時に自分から話したり、平北のセンスを揶揄ったりしているときのほうが、ずっと楽しい。

もう気持ちの離れた元恋人と飲む酒より、平北の淹れてくれたコーヒーのほうがおいしいし、ほっとする。

「……もう飲まない？」

問われて、はっとする。一杯目がまだ半分も減っていないことを指しての科白に、久能は曖昧に首を傾げた。

「部屋に行く？」

金曜日にここで飲むときは、笹野はこのホテルのシングルの部屋を一つ取る。そして、肌を合わせた後は久能だけが泊まり、笹野は自宅へと帰るのがセオリーだった。

頭痛はさっきよりもひどくなり、久能は顔を顰める。

男の顔を見ながら、彼に妻子がいると初めて知ったときはひたすらショックだったのに、今はなんの感慨も湧かないことを再確認してしまう。

恋人に抱かれることは嫌いではなかった。でも本当は、ただ手を繋ぐだけでも幸せだったのに。

「……ねえ、笹野さん」

「ん？」

「もし俺が、ここで手を繋ぎませんか、って言ったらどうします？」

「……はあ？」

言いながら彼のスーツに手を伸ばすと、指先が触れた瞬間に振り払われた。

それほど強いわけではなかったけれど、体が凍りつく。思わず固まった久能に気づきもせず、笹野は小声で久能の行動を咎《とが》めた。

「なに言ってるんだよ、こんなところで。男同士でそんなことできるわけないだろ」

結局、不倫をしていようがしていまいが、男同士というだけで日陰者にしかなれないのだと、強く自覚させられる。

自嘲的に笑いそうになって、頭が刺すように痛んだ。顳顬を揉《も》み込みながら、久能は立ち上がる。

もしここで大声で「あなたとは終わりです、別れてください」と言ったらどうなるかと考えたが、やめた。

「……すみません、今日は帰ります」

久能が落とした科白に、笹野は目を瞠った。一瞬現れた動揺を隠し、すぐに苦笑を乗せる。

「ごめん、ほったらかしにしすぎたかな?」

指摘されて、誕生日から二か月、これが久々の逢瀬《おうせ》だと思い至った。以前の自分だったら、きっとそのことでやきもきしていたことだろう。

そんな自分に驚きながら、久能は頭《かぶり》を振る。

「いえ別に。すっかり忘れてましたから」

正直に言うと、笹野は虚を衝《つ》かれたような表情になり、ふっと笑んだ。

「気が乗らない?　やっぱり怒ってる?」

気が乗らないけれど怒っているわけじゃない。

なんと言えば角が立たないだろう、と思いながら、久能は顳顬を押さえた。

「別に、久能くんのことを忘れてたわけじゃないんだ。ただちょっと――」

「――いえ、まったく怒ってません。もういい加減別れたいんです本当に」

彼の言い訳を遮るように、久能はにっこり笑って告げた。頭痛もひどくなってきて早く帰りたいという気持ちから、オブラートに包む配慮が欠ける。

案の定、笹野はちょっと引きつった顔で驚いていた。

「……やっぱり拗ねてるんじゃないか。だから、もう少し待っていてくれって言っただろ。すぐに妻と別れてお前と一緒になるって。だから今日は一緒に泊まってもいいって」

「もう好きじゃないから、別れてくださいって言ってるんです」

はっきりと告げると、笹野は無表情になった後、溜息を吐いた。

「……やっぱりちょっと冷静じゃないな。また今度話をしよう」

聞き分けのない子に言い聞かせるような声音で返した笹野に茫然としてしまう。あれだけはっきり言ったのに通じない、というのは想定外だった。

「俺は冷静です。もうあなたとは他人になりたいんです」

「はいはい、わかったから。また電話する」

「しなくていいです。しないでください」

「タクシー使う？」

「なんで日本語通じないんですか?」

なんだか笹野とのやりとりに寒気がして、久能はテーブルの上に金を置いてバーを出た。幸い、笹野が追いかけてくる気配はない。彼だけ、ホテルに泊まるつもりなのだろうか。

頭痛は先程よりもひどくなっている。

 けれど、このまま帰るより、一度東風に顔を出して行きたい。少し長居をしても終電には十分間に合う時間だ。

エントランスを出て駅と逆方向に足を向けたとき、不意に呼び止められた。

「――あの、久能さんですよね」

「はい?」

振り返ると、スーツ姿の細身の女性が立っていた。

その女性に見覚えはなくて、仕事関係で最近会った女性の顔を思い浮かべてみるがやはり記憶にない。久能の名前を知っているということは、まったくの初対面ではないはずだ。

一体誰だろうと困惑していると、女性のほうから名乗りを上げた。

「お世話になっております。笹野の家内です」

会釈をした笹野の妻に、息が止まりそうになる。

電話で話したこともあるが、顔を合わせるのは初めてだ。笹野とセックスをした後ではないが、とてつもない後ろめたさに襲われる。

「お、お世話になっております」

「ちょっと、お伺いしたいことがあるんですけど」

にっこりと笑いかけられ、久能は顎を引く。ちょっと迫力があるくらいの美人だ。

「先程、うちの主人とこのホテルに入りましたよね？」

「ええ、あの」

今日は本当に酒を飲んだだけで解散したのだから、なにもそんなに動揺することはない。

なにか言わなければいけないのに、久能はただ固まった。

笹野の妻は肩にかけていたバッグから名刺入れを取り出し、久能に名刺を一枚渡す。

久能は慌てて両手で受け取った。小さな一枚の紙だというのに、ひどく重く感じる。

社名の横に、「首都圏エリア　第三グループ支部長」という肩書きがついていた。

笹野の話しぶりから専業主婦のように思っていたが、どうやら仕事を持っている、それもバリバリとこなしているタイプの女性だったらしい。

——笹野、巴《ともえ》さん。

初めて知った元恋人の妻の名前に茫然とする。

「あ、すみません。私のも」

スーツの胸ポケットに手を入れると、笹野の妻は首を振った。

「あなたのは知っていますから」

「え」

少々意味深な言い回しをして、巴は綺麗に口紅のひかれた唇で弧を描いた。

「……日を改めて、お話ししてもいいですか？　今日はもう遅いですし」

頷く以外に、なにをすればいいというのだろうか。

久能がぎこちなく首肯するのを見届けて、笹野の妻は踵を返した。

笹野の妻と別れた後、急に雨が降り出してきた。

それほど雨脚は強くないので、傘も差さずに歩く。足は自然に東風へと向かっていた。

駅へと続く、電気の消えた店の並びに、ぽわんと浮かぶオレンジ色の光。いつもと変わらない東風の店構えに久能は安堵《あんど》の息を吐く。

窓から中を覗くと、珍しく客が一人もいなかった。

平北はそれでもどこか楽しそうな顔をして、カウンターでカップを磨いている。

――……やっぱり似合うなぁ。

昭和レトロな喫茶店には、年嵩《としかさ》で髭《ひげ》をたくわえたマスターが似合うような気もするが、まだ若く、ギャルソンの衣装が似合う青年が立っていても絵になった。

先程、一応元恋人と会っていたときにはただ辛いばかりだったのに、彼の横顔を見るだけでそれが緩和される気がする。

一つ深呼吸をして、久能はドアを開いた。

からん、と音を立てた鈴にかぶさるように、平北が「いらっしゃいませ」と言って笑顔を向けてくれる。肌を包むコーヒーの香りを含んだ空気に、ほっと息を吐いた。

「こんばんは」

「こんばんはー、久能さん。どこでも空いてるのでお好きな席にどうぞ」

そう言われたものの、すっかりと定位置となった入り口近くのカウンター席に腰を下ろす。

いつも目の前に貼ってあった紙の文言が『自分ばかりが大変だと思ったっていいじゃない』から『ピンチはチャンス』に変わっていた。相変わらず味のある字に自然と笑みが零れる。

「この名言集的なもの、貼りなおしたんですか？」

「あ、そうなんです！　今日はずっとあんまりお客がいなくて暇だったので、さっきちょいちょいっと模様替えを」

前のものはどうしたのかと思ったが、訊かなかった。ちょっと気に入っていたのにと言ったら、眼前の彼はどんなリアクションを取ってくれるだろうか。

そんな想像をしていると、温かいおしぼりを渡される。久能は店内をぐるりと見回した。

「今日、お客さん来てないんですか？」

「今晩は雨の予報でしたし、夕方にも一回降りましたからね。たまーにこういう日もあります」

「そっか。夕方に雨降ってたの、気づかなかったな」

以前話したときも、客が来ないことがあると言っていたが、少なくとも久能が通うようになってからは必ず幾人かの客がいた。

平北と二人きりになるのは初めてだが、静かであたたかな店内にいると、無言でいることもあまり気にならない。

メニューを眺めながら、最近ずっと気に入って飲んでいたコーヒーの名前を口にしかけて、噤む。

通常メニューの下に書いてある、初日に頼んだものを指でなぞった。

「じゃあ……今日は、『店長のおすすめ』で」

久能が言うと、平北は「かしこまりました」と微笑んでケトルを火にかけた。

「久しぶりですね、それ」

平北も最初の日のことを覚えていたらしい。

初日に大泣きした上に家に泊めてもらったことを思い出して、忘れるはずないか、と苦笑した。

「どういう感じのがいいですか？」

「そうだな……」

普段なら頼まないような変わったものも飲んでみたいし、好みを言って適当にブレンドしてもらうのもいいかもしれない。

どうしようかと逡巡《しゅんじゅん》し、ふと平北を困らせてみたくなって、思いつきを口にした。

「じゃあ、『昔の恋を忘れるコーヒー』ください」

久能のオーダーに、平北が驚きの表情を作る。

きっと他の面子がいたら、こんなことを素面では言えなかったかもしれない。ヨシさんや、ダジャレ嫌いの梶原がいたら「久能が毒された」と嘆いただろう。

平北は目を細め、腕をまくった。

「かしこまりました！」

どこかうきうきとした様子の平北が、可愛く思える。

五つ年下とはいえ、二十歳はとっくに超えている男を可愛いと思うようになるとは。

――ああ、でも「昔」じゃなくて現在進行形の恋愛には効かないかもしれないな……。

缶から取り出した豆をゆっくりと挽きながら、平北が「なにかあったんですか？」と訊いてくる。

平北は、若いのに聞き上手だ。

低音で打たれる相槌は、怒っていたり悲しんでいたりしている心を柔らかくする。

――きっと、話せば楽になる。でも。

問われて、先程起こった色々を思い返せば、おいそれと話のできる内容でもなかった。その話をすれば、自分が不倫をしていることや、場合によってはゲイであることも話さなければならない。

とても、言えるはずがなかった。

「……なんでもない。それより、平北さんの話が聞きたいな」

きょとんとした顔をして、平北は特に面白い話はないなあ、と首を捻る。

黙っていると精悍で大人びているのに、平北は表情の作り方が少し幼い。自分より上背のある男相手に「可愛い」と思ってしまい、緩みそうになった口をごまかすように開いた。

「俺の、ですか？」

「前に、バックパッカーしてるって言ってたでしょう？　どういう目的で海外に行ってるんですか？」

「あ、実は俺、バリスタの資格を持っててですね」

「バリスタってなんでしたっけ？」

「コーヒー淹れる専門職です。で、いつか自分の店を持つのが夢で」

平北が行く先は、主にコーヒーの産地なのだそうだ。

自分で味を確かめて、気に入った豆を仕入れるのが目的で、色々な国、気候、年代ごとに豆を食べ比べ、飲み比べているらしい。

「ただ、旅行自体が面白くなっちゃって、今はどっちが目的かわかんなくなってるくらいなんです」

「へー……すごいなぁ。ところで、失礼を承知で訊くけど、お金とかどうしてるの？」

喫茶店の雇われ店員では、海外に頻繁に行くことも、滞在費を稼ぐことも難しいのではないだろうか。

そう訊ねると、平北は喫茶店の営業開始前に単発の道路工事や建設現場のアルバイトをしているらしい。どれだけ疲れても、一日寝たらけろりと回復するそうだ。

「若い」

「久能さんだってそう変わらないでしょ！」

年齢的にはそうかもしれないが、そこまでするバイタリティは久能にはない。純粋に感心してしまう。

目をきらきらさせて、旅行先での話や、今後の展望を語る平北が可愛くて、眩《まぶ》しい。

——女の子だと、こういう子は将来性がなくて駄目、って思っちゃうのかもしれないけど……。

久能としては、その熱意やテンションに当てられて、可愛く思えてしまう。

これが、もし数年前、平北と同じくらいの年齢だったら、そうは思わなかったかもしれない。

——……って、なに当たり前みたいに恋愛対象に入れてるんだ。

自分の思考の傾きにはっとした。

一般論の話だから、と誰にするでもないのに心中で言い訳をする。

それなりに生活に余裕のできている今の年齢だからこそ、単純に微笑ましく見ていられるのだろう。

つい頬を緩めていると、平北がきゅっと眉根を寄せた。

「あ、馬鹿にしてる」

ちょっとふくれっ面になった平北に、久能は慌てて首を振る。

「別に馬鹿になんてしてないよ」

「そりゃ、久能さんみたいな大人から見たら、俺の夢は非現実的でガキっぽいかもしれないけどさ」

「だから、そんなこと思ってないってば」

久能が否定すると、平北はちらりとこちらを見て、むっと唇を尖《とが》らせた。いつも人の話をうんうんと聞いてくれて、歳より落ち着いていると思うことも多いけれど、地は結構子供なのかもしれない。

久能はなにか言わなければとおろおろしてしまう。けれど平北は、すぐに拗ねた表情を崩し、笑顔に変えた。

「冗談ですよ。そんなに焦らなくても」

「焦るよ、それは」

大人だ、と言われて少しどきりとした。

久能は大人なのではなく、大人ぶっているだけだ。それが分別だと思っていて、人といるときは大人な気持ちでいるようにはしているつもりだった。酔いつぶれて世話になったくせに今更かもしれないが。

——でも、二十四歳の平北さんから見たら、俺ってもう「大人」なんだよな。……「大人」でいないと、いけない年齢なんだよな。

対外的には大人ぶっているけれど、心が成長しているとは自分でも思っていない。少しおとなしい性格ではあるから、それで大人びて見られることもある。

内面はまだ、大人になりきってはいない。

昔、笹野と出会ったばかりのとき、久能は彼のことを大人だと思っていた。平北と久能より、久能と笹野のほうが年齢も少し離れていたけれど、当時の彼の歳に近づいて、彼が本当に大人だったかというと多少の疑問は残る。

「久能さん、いい人だなぁ」

「いい人なんかじゃないですよ。俺はふつう」

色々な意味で、久能は「ふつう」で、面白味のない男だ。

いい人、優しい、と言われることもあるが、ただ優柔不断なだけで、言いたいことも言えなくてストレスを溜《た》めるばかりだ。それで、胃を壊すことだってある。

「でも、『ふつう』って結構すごいことだと思いますけど」

「……そう？　すごくないから、『ふつう』なんじゃない？」

「そんなことないです。だって『ふつう』って、真っ当で堅実ってことでしょう？　俺、自分で言うのもなんですけど結構不安定な職業じゃないですか。だから、安定した職業で、ばりばり仕事してる人ってすごくかっこいいと思います」

力説した平北に圧倒され、久能は「そっか」とだけ返した。

「俺は自分の生き方が自分に合ってると思うし、満足はしてますけど、堅実な人の真似《まね》は絶対できないので、すごいなって思います」

一応慰めてくれているのだろうか。けれど、彼に言われるとそうなのかもしれないと納得してしまう自分がいる。

「久能さんは、英語関係のお仕事されてるんですよね」

「はい。えっと、翻訳をしてます」

先日、溝口がぼかした具体的な職種を言ってみたのはちょっとした気まぐれだ。

「でも別に翻訳家とかじゃないですよ。溝口のところへ行ったらいろんなジャンルをやると思いますけど、今は企業の社内翻訳です」

社内翻訳とはいえ、必ずチェッカーの目を通すようにはなっているし、一人で全部翻訳するわけではない。

笹野などは同時通訳もできる。それに比べれば、まったくの「ふつう」だ。

「すごいなぁ……俺英語全然ダメなんですよ！」

「え!?　そうなんですか？」

外国に頻繁に行き、コーヒー農家と話をするというくらいだから、英語は問題なく話せるものだと思い込んでいた。

実際にはまったく駄目ではないし、話すことも聞き取ることも多少はできるらしいが、基本的に片言で繋いでいるらしい。

「あっちも片言だったりするし、意外となんとかなりますよ」

他人事《ひとごと》ながら、ちょっと不安になるが、こういうものなのだろうか。

「そういうもの……?」

「いや、実際のところ、本気で仕入れとかしようと思ったら駄目だと思いますけど。今のところなんとかなってるんで」

そろそろ本気で勉強しなければと思ってはいるらしいが、なかなか時間と金がないらしい。先立つものはお金ですよ、と平北が眉尻を下げる。

「実は東風のマスターも、バックパッカーやってるんですよ。インドネシアで会って、将来の夢を話したらじゃあ自分が日本にいない間、店長代理やらないかって言われて」

「そんなに簡単に決めていいものなの!?」

「いいんじゃないですか?　なんとかなってるし」

海外への渡航経験が多い割に、二人とも不用心だと、久能は心配してしまう。見る目があるのか、なにも考えていないのか。

「はい、お待たせしました」

会話をしながらも手を動かしていた平北が、カウンターにコーヒーを置く。

匂いを嗅ぐと、砂糖とは違う独特の甘い香りと、香辛料のような香りがした。今まで嗅いだことのないものなので、それがなにかはわからない。

「よかったらお砂糖とミルクもどうぞ」

「ありがとうございます」

まずはなにも入れずに一口含んでみる。コーヒーなのだが、チョコレートのような味わいが舌にのった。

甘い香りは、フルーツにも似ている気がする。今まで好んで飲んできたものより酸味があるので、余計にそう思えるのかもしれない。

「なんか、不思議な匂いがします。あ、おいしいんですけど味は。これ、こういうコーヒーなんですか？」

「実は、挽くときにカルダモンを一緒に入れてます」

「……カルダモンってなんでしたっけ？」

こういう、と香辛料入れに入ったものを見せてくれる。鼻を近づけると、確かにコーヒーから香っているのはこの匂いだった。

「へえ……不思議な感じですけどおいしいですね。これ、なんていうコーヒーですか？」

「マタリです。モカマタリ」

「ふーん」

どうしてこれが「昔の恋を忘れるコーヒー」なのだろうか。

訊こうとしたが、なんだか平北が複雑そうな表情をしながら「……きっとヨシさんに呆れられる」と言っていたので、なにかの洒落《しゃれ》がかかっているのだろう。

あまり訊かれたくなさそうだったので、久能はコーヒーを飲みながら別の質問をした。

「平北さんは、どうして喫茶店をやりたいと思ったんですか？」

「もともとコーヒーが好きっていうのが一番だったんですけど」

曰《いわ》く、カフェでアルバイトをしたこともあるが、やっぱり純喫茶がよかったのだそうだ。

「どうして？」

「俺、人の顔見るのが好きなんです」

顔、と鸚鵡《おうむ》返しに口にする。確かに、今久能がいるのは対面式のカウンターだし、店舗の敷地面積はそれほど広いものではないから、テーブル席でも十分に目が届く。

「人間観察ってことじゃなくて、人の顔見るのが好きなんです。笑ってるともっといいです。もっと笑わせたくなる」

ただ、貼り紙やコーヒーへの名づけは受け狙いではないらしい。そうなんだー、と返すと平北に「ひどい」と言われてしまった。

「……ああ、じゃあ初日のときは申し訳なかったですね」

笑わせてくれようと思っていた平北のコーヒーを飲んで、うっかり泣いてしまった。

自分で言って、口の中に苦い味が広がるような心地がする。今思い出しても顔から火が出る思いだ。

「せっかく笑わせてくれようとしたのに、泣いて」

「そんなことないです」

平北は身を乗り出し、カウンターの台の上に肘をつく。

「泣いてても、久能さんは綺麗でしたよ」

笑って、平北は久能の髪に触れた。

肌に触れられたわけではないけれど、それよりもなんだか特別なことをされたような気がする。「綺麗」という形容をされたことにも驚愕《きょうがく》して、久能は固まった。

前髪をかき分けるように滑った指は、すぐに引っ込められた。

目を細めて、平北が背中を向ける。

何事もなかったかのようにコーヒー棚を整理している平北の後ろ姿を見つめながら、久能はまったく身動きがとれずにいた。

——今の、なに!? どういう意味!?

彼の言動の意味がわからなくて、時間差で心臓がどきどきとし始める。

——ていうか、平北さんてゲイじゃないよな!? 今のって、普通の人の接触? 海外経験多いとこうなっちゃうってことなのか!?

疑問符が頭の中で渦巻いていたが、そんなこと、怖くて追及できるはずがない。

動揺したまま、すっかりと温くなったコーヒーを口に運ぶ。かたかたと手が震えていた。

今のはなんだった、と思いながらも期待しているのが自分でもわかる。

平北の指が離れた瞬間、一瞬だけ触れられた前髪に、自分でも触ってみた。

「……っ」

どくん、と一際大きく心臓が鳴った。

明らかに速まった鼓動が、耳元でうるさいくらいに鳴っている。

触れた場所から一気に広がるように、体が熱くなった気がした。

——まずい。

この感情がなんなのか、わかってしまう。平北がすぐそばにいて、手を伸ばせば触れられると思うだけで胸が苦しくなる。

平北のコーヒーが効いたのだろうか。けれどまさか、自分に久能の恋愛のベクトルが向くだなんて、彼は予想もしていなかったに違いない。

火照った顔を隠すように俯けて、久能は無意味にカップに入れたスプーンをかき回し続けた。

笹野の妻・巴と鉢合わせしてから二週間、音沙汰はまったくなかった。

名刺はもらっているものの、こちらから連絡する勇気は出ない。巴は、久能に話しかけた理由を明確には言わなかった。夫のことを訊くために、仲のいい同僚である久能に接触したのか。それとも、久能が笹野と付き合っているとわかった上で、なのか。

いつ、どんな風に彼女から連絡が来るのか。最初の一週間程は狼狽しきっていたが、接触がないので少し気が緩んでしまっている自覚はある。

そして笹野も、久能に対して恋愛的な意味ではまったく絡んでこなくなった。

久能が転職するので、フェイドアウトしようということならそれはそれで構わないのだが。

会社ではいつもと変わらないようにしながらも、あまり目が合わない。もちろん、誘われることもない。他の同僚が気づかないほど微量の違和感で、笹野が久能を避けていることはわかった。ある意味公私混同をしないということなのかもしれない。

原因は、寝るのを拒んだから、だろうか。考えてみれば、久能は笹野からの誘いを断ったことは今までなかったかもしれない。それとも巴になにか言われたのか。

そういうもやもやした気持ちを抱えたときは東風へ出向いて気を紛らわせたいところだったのだが、先日平北のことをはっきり意識して自覚してしまってから、足が遠のいてしまっていた。

顔に出てしまいそうだったし、なにか変なことを口走ってしまうかもしれないという懸念があったからだ。

仕事が忙しいからと自分に言い訳していたが、そのうち引き継ぎ業務やらで本当に忙殺されてしまい、行こうにも行けなくなってしまったのだ。

その忙殺期が過ぎた今も、まだ東風へは行けずにいる。

そろそろ東風でコーヒーが飲みたい、というフラストレーションが溜まり始めてきた。そんな頃、終業後に会社を出て携帯電話のメール画面を開き、久能は目を丸くした。

珍しい人物から、メールが届いている。

「ヨシさん……?」

以前アドレスを交換したきり一度も使っていなかったが、まさか彼のほうからメールが来るとは思わなかった。

そういえば、前に彼の探している文房具を見つけたので渡そうと思ってそれ以来だ。そのペンはまだ久能の机の引き出しに包装されたまま入っている。

――至急東風まで来られたし。

それだけの短い文章に、一体なにが起こっているのかとぎょっとした。

時刻を見ると、ヨシさんがメールを寄越したのは十九時のことで、東風が開店してすぐの時間だった。

今は二十時。一時間が経過している。

返信するよりも行ったほうが早いかと、久能は足早に東風まで向かった。

外側から覗くと、比較的多い来客があるくらいで、特に変わったところは見られない。なにかあったのだろうかとドアを開くと、一番手前にいたヨシさんがくるりと振り返った。

「来た！」

その声に、店内にいた客たちが振り返る。いつもの顔ぶれもいるが、中には見慣れぬ外国人も交ざっていた。

「ど、どうしたんですか一体」

久能が言うと、カウンターに立っていた平北が、場所を示すように手を振る。

「久能さぁん、助けてくださいー」

久しぶりに会ってどんな顔をすればいいかと思っていたが、普通とは違う事態に紛れて、それなりに冷静な表情を作ることができた。

「どうしたんです」

「実は、俺の英語じゃ通じなくてー……！」

店内にいた外国人は六人で、彼らはみんな家族とのことだった。

事情を訊けば、平北がコーヒーの産地に行ったときに世話になった一家らしい。

適当な英語でしゃべって、連絡先を教え合って別れたそうだ。その後も幾度か豆のやりとりをしていたらしいのだが、今日突然、送り合っていた荷物の住所を頼って店に現れたのだという。

もしかしたら平北が「いつでも遊びに来ていい」と話したのかもしれないが、英語力が足りなくて適当に返事をすることもあるため、記憶にないらしい。

「ていうか、英語通じるんですか、この人たち？　どこの人？」

「ええと、コロンビア？」

——コロンビアの公用語は英語じゃなかった気がする……。

一体どうしたものかと思いつつ、久能は一番近くに立っていた男性に英語で話しかけてみる。

彼はそれなりに英語ができるらしく、会話は思ったよりもスムーズに成立した。ベルムドと名乗ったその男性の名前や訛《なま》りから、スペイン語圏だということがわかる。久能のスペイン語の知識よりは彼の英語の能力のほうが高そうだったので、英語で会話をすることにした。

彼の言うところによれば、ホテルは都内に予約していて、場所が近そうだったので平北の店に寄った、というだけのことらしい。平北が宿を提供してもらいに来たのかと思って焦っているのはわかったが、それを否定する英語が通じずに困っていたということだった。

確かに、この家に六人も泊まれるスペースはないだろう。

『それに、せっかくだから、観光案内をしてもらおうと思ったんだけど……このあたりのことはガイドに載っていないからわからなくて。だからいいところがあったら案内してほしかったんだ。ただ、俺の訛りが強いみたいで、どうも通じなくてね』

『観光、ですか』

既に夜になっているので、自然系のところを見るのは、今日は難しいだろう。だからと言ってただ飲みに行くのでは物足りないに違いない。

思案していると、カウンターから出てきていた平北に肩を叩かれた。

「なんて？」

「家族で観光できるところはないか、ってことらしいです」

久能の回答に、平北とヨシさんが顔を見合わせる。

「なら、祭りはどうだい？」

「祭り？」

「そんなに盛大な祭りじゃねえけどよ、明日、この地区の納涼祭りがあんのよ。ちゃんと山車《だし》も出るんだぜ」

近所に住んでいるらしいヨシさんが言うのに、平北もそうか、と手を叩く。

「どうせもう夜だ。今日の観光は諦めて、ここでコーヒーでも飲んでってもらってよ、明日もっぺん、四時半ごろにここに集合でどうだい？」

お祭りといえば、ということで、久能は挙手をする。

「じゃあ浴衣のレンタル用意しますか？　俺ちょっと知ってるところがあるので」

「お、いいねえ」

会社でも、時折外国人関係者が立ち寄った際の接待に浴衣を用意することがある。近場に、着付けまでしてくれる呉服店があるのだ。

久能は一家全員に、明日日本のお祭りがあるということを告げる。

有料だが浴衣も用意できるという話をすると、特に女性陣が乗り気になった。浴衣、という言葉ではあまりピンとこなかったようだが、簡易版の着物だと説明する。

勝手に久能とヨシさんとで盛り上がってしまい、置き去りになっていた平北にも確認する。

「ということで、明日俺も一緒に案内しましょうか？」

「あの、俺はすっごくありがたいんですけど……久能さん、明日せっかくのお休みなのに、いいんですか？」

「え、うん。俺は全然構わないけど」

十六時半に集合でも、その前に浴衣などは用意してあげないといけないだろう。だが特に予定があるわけでもないし、土曜日一日がつぶれても別に構いはしない。

そう言いさして、普段は夜しか会えない平北と日中から一緒にいられるという事実に思い至る。

――……それはちょっと、嬉しいかも。

素直にそう思えている自分に内心で驚く。

やはり、年下の男に惹《ひ》かれていることを改めて知った気がした。


「よかったですね、楽しんでもらえて」

チーム東風の面々でエスコートした観光は、まずまずの成功だったと言えるだろう。

夜店の並ぶ道を歩きながら久能が言うと、平北は綿あめに噛みつきながら「はい！」と元気よく頷いた。

一家は慣れないながらも民族衣装を着られたことにご満悦で、祭り自体も堪能していた様子だった。

出店も片っ端から楽しみ尽くして、最後は無事に花火まで見られたので、案内をしていた久能もヨシさんも満足だ。

浴衣も無事、人数分レンタルすることができたし、先程ホテルへ帰るときも、みんな笑顔だったので久能も嬉しくなってしまった。

浴衣は明日返さなければならないのだが、ヨシさんが祭り会場のすぐ近くに住んでいたため、そこで着替えさせてもらい、ついでに返却までしてくれるという言葉に甘えてしまった。

久能も平北も、外国人一家がはぐれないようにずっとそばについて回り、時折英語で解説をしたりして、とガイド役に徹した。

あまり平北と二人だけ、という場面はなかったのだが、それでも一緒に祭りを回れただけで楽しかったような気がしている。

結局平北と一緒であれば、どこでも楽しかった気はするのだが。

「久能さんも、浴衣着るのかと思った」

「俺は別に着ないですよ。着る必要ないし」

今日はあくまで観光に来た一家のエスコートが目的だったのだ。

自分まで浴衣を着る必要はないと思ったので、シャツとデニムのパンツという至って普通の服装で来た。

それは平北も同じで、彼もTシャツとデニムとスニーカーという、普段通りの服装のようだった。

もっとも、久能の見慣れた平北はギャルソンの恰好をしているので、Tシャツ姿でも十分新鮮なことに変わりはない。

そんな恰好をすると、やっぱりいつもより、ほんの少しだけ幼く見えた。

私服を見るのは、なんだか特別な気がして嬉しい。違った雰囲気に胸も高鳴る。

しっかりと目に焼きつけておこう、と横目で見ていると、平北が「あの」と口を開いたのでぎくりとした。

「久能さん、やっぱりいい人ですね」

以前にも言われたことのある評価に、覚えず頬がひきつった。

「だから、いい人なんかじゃないですよ、別に」

今日一日、平北と一緒にいられるかも、という打算が少なからずあったのだ。

そんな風に褒められると、後ろめたく心苦しい。

「えー？　いい人だし、優しいですよ。人のために一生懸命になってくれるし」

「……一生懸命だったのは、英語をしゃべるのに必死だったからですよ」

翻訳の仕事をしているが、しゃべるほうはいささか微妙な自覚はあるのだ。考えながらになるので、どうしてもぎこちないしゃべり方になってしまう。

向こうも母語ではない言語なので、なるべくわかりやすいように話すのにも必死だった。

ネガティブに言い訳した久能に、平北が苦笑する。

「でも俺、そういう久能さんが好きですよ」

ぽろりと零れた科白に、思わず固まる。

深い意味はないのだから、なんでもない顔をしなければならない。でも、好きだと自覚した相手にそんなことを言われて冷静でいるのは難しかった。

——今が夜で、本当によかった。

顔と耳が、一気に熱くなった。きっと、昼の日の光の下や、もっと明るい場所で見たら、自分が赤面していることがみんなに露見してしまっただろう。

久能は息を吐き、腕を組む。

「……あのね、そういうことを言うと誤解されますよ」

なんとか平静を装った声を絞り出した。

言ってから、男同士でこんなことを言うのはおかしいかもしれないと焦る。

平北は、久能の顔色にも動揺にも気が付いていないらしく、もぐもぐと綿あめを食べていた。

そして、すっかりと小さくなった綿あめを口に放り込む。

「別に、誤解じゃないです」

「え……？」

指を舐《な》めながら、平北はまっすぐ前を向いたままだ。

あまりになんでもない口調と様子だったので、訊き返すのも躊躇ってしまう。

けれど、平北のほうがもう一度先程の言葉を繰り返した。

「誤解なんかじゃ、ないです」

この期に及んで「なにが」と訊いてしまう。

「誤解じゃなくて、俺、ちゃんと久能さんのことが好きです」

「え……」

——好きって、言った？　平北さんが、俺を？

あまりに妄想が過ぎて、幻聴でも聞いたのではないのかと、半ば本気で疑ってしまう。

そこまで直截《ちょくせつ》なことを言う平北を想像したことは今まで一度もなかったけれど。

——……嘘みたい。

平北が同性と恋愛ができるタイプだったなんて、しかも久能に対して好きだと言ってくれるなんて、信じられない。頭がついていかず、久能は茫然としてしまう。

早くなにか言わなければ。

そう思いながらもあまりの現実感のなさに動けずにいると、自分なんかの一体どこが、と訊くより先に、平北は前方に走って行ってしまった。

答えは聞かなくていいということなのだろうか。

取り残されて、遅ればせながら周囲の目が気になり始める。祭りの客で騒がしいとはいえ、こんな場所で言われるとは思わなかった。

けれど、平北は特に声を潜めたわけでもなかったのに、誰も久能たちの様子を気にしてはいない。

だから余計、さっきのは幻だったかもしれないと疑ってしまう。

立ち止まって考え込んでいると、平北はすぐに戻ってきた。

その手には、りんご飴《あめ》が二つ握られている。

「久能さん、りんご飴好きですか？」

「え、ああ、はい」

久能の返答に、平北は「よかった！」と満面の笑みを浮かべた。そして、りんご飴を一つ差し出してくる。

「はい、どうぞ」

「……ありがとう」

唐突な彼の行動に困惑しながらも、りんご飴を受け取る。

「今日のお礼。もちろん、これだけじゃないですけど、今日のところはひとまずこれってことで」

「や、別にそんな。あまり気を遣わないでください」

さっきの話はどうなったのだろうと困惑しつつも、平北にもらったというだけで嬉しくて、口元が緩む。

「こういうの、たまにすっごく食べたくなりません？」

先程までもふもふと綿あめも食べていたのに、とちょっとおかしくなる。普段は飲み物や食事を提供する側の平北の嗜好を、そういえば知らないことに気が付いた。

——甘いもの、好きなのかな。

傍らを歩く平北を見ると、彼は嬉しそうにりんご飴に歯を立てていた。ぱり、と飴の砕ける音がする。

ご機嫌そうなその顔は、無邪気で可愛い。平北をかっこいいと思うこともあるが、やはり年下の男性、という感じで可愛いが先に来てしまうらしい。自分が歳を取ったからだろうかと苦笑する。

「ていうか、縁日で売ってるものって、それだけでうまそうですよね」

「あー、わかります。ハレの日のものってケの日に食べても期待してたほどのおいしさがなかったりしますよね」

「雰囲気とか、あと郷愁とかがスパイスなんですかね？　もちろん、誰と食べてるかっていうのも重要ですけど」

最後に付け加えられたその言葉に、流れてしまったはずのさっきの空気が戻ってくる。

彼の言葉の意味を、どう受け取ればいいのか。ちょっと返答に悩んでしまう。けれど、平北はそれ以上はなにも言わずにいる。

久能は逡巡しながら、平北からもらったりんご飴を齧《かじ》った。

甘くて、少しだけ酸っぱい。その味に、胸がきゅっと締め付けられるような気がした。それが先程言っていた郷愁なのか、他のなにかなのかは久能には判断が難しい。

もくもくとそれを食べている間、二人の間には殆ど会話がなかった。

けれどその無言の空間が気まずくはなくて、久能も積極的に話しかける気にはならない。音楽や祭り囃子《ばやし》が聞こえてきたせいで、しんとしなかったというのもあるのだろう。

祭り会場を出て、二人で東風に向かって歩いた。

平北はとっくにりんご飴を食べ終えている。

横目でちらちらとうかがいながら、先程結構な爆弾発言をしたことについて訊きたかった。

けれど、流れてしまった話題を戻すのに、なにから切り出したらいいのかわからず、飴を食べることを無言でいることの口実にする。

——……さっきの話は、なかったことになるのかな？

それはいやだな、と思う。

咄嗟に答えられなかったから、平北も深くは踏み込んでこないのかもしれない。久能の返事は聞かなくてもいいということの表れか。

自分でチャンスを逃したとはいえ、それはちょっと切ない。

少し前を行く平北の、空いた掌《てのひら》に触れたくなって、久能は気が付いたら平北のTシャツの背中を掴《つか》んでいた。

平北は不思議そうな顔をして肩越しに振り返る。はっとして、久能は手を離した。

「はい、どうしました？」

にっこりと笑う平北に、その誘い文句を言うのは気が引けた。

以前、笹野に手を振り払われた記憶が蘇る。

あのときと同じように、平北にも賤《いや》しめられたらと思うと急に身が竦んだ。

「あの……手、繋がない？　なんて」

なんとか冷静さを装って、なんでもないことのように言ってみた。

平北はきょとんとした後、ぱっと笑顔になる。

「はい、繋ぎましょう！」

屈託なく言い、平北は久能の手を握った。先程までの心配はまったくの杞憂《きゆう》であったらしい。嬉しくて戸惑って、けれど顔に出さないようにする。

——外で誰かと手を繋ぐのなんて、何年ぶりだろ……？

あたりは暗がりだし、手を繋いでいても、もしかしたらわからないかもしれない。

そう思って自分から誘ったものの、やっぱり心配になってしまう。

「男同士でこれ、変じゃないですか？」

久能は男性にしては華奢《きゃしゃ》な体格だ。けれど、いくら顔があまり見えないからといって、女性と見間違えられるほどではない。

自分は構わないけれど、平北が変に思われたら困るだろう。そう思って言ったが、先程より強い力でぎゅっと握られた。

「そうですか？」

「そうですよ」

「でも俺は、久能さんに手を繋ごうって言ってもらえて嬉しかったですよ」

平北が、親指で久能の手を撫でる。

先程流れたと思っていた会話は、まだ継続していたようだ。かっと頬が熱くなった。

それに、と平北が言い添える。

「久能さんと手を繋ぐのが嬉しいから、それが変だっていうならずっと変でいいです、俺」

きっと今、自分はこれ以上ないくらい顔を赤くしているだろう。わずかに前を行く平北の顔は見えないけれど、そんな自分の表情を見られずに済んでほっとした。

「ねえねえ、久能さん」

「はい」

「カフェオレ！」

そう言いながら、平北は繋いだ手を持ち上げる。突然どうしたのかと目を瞬かせる

と、平北が「だからあ」と手を恋人繋ぎに握りなおした。

「俺、肌の色結構黒いでしょ。で、久能さん白いから。こうして混ざるからカフェオレ」

「……暗くてよく見えないじゃないですか」

自分と彼が「混ざる」という科白にちょっとどぎまぎしつつ、笑ってしまった。

繋いだ手から、触れた場所から、平北への好きという気持ちが溢れて、体の中に滲んで溶ける。

——……まずい。

この間までより、昨日までより、さっきよりも、平北への好意が明確になっていく。

ああ、好きだな、と自分の気持ちがわかって、苦しい。

平北の気持ちや性格がまっすぐであればあるほど、自分が不釣り合いである気がしてならない。

笹野と、その妻の巴とのやりとりが、頭の中ではっきりと思い出される。平北に気持ちが傾くほど、それを断罪するようにその記憶が蘇るのだ。

——俺なんかが好きになっていい子じゃない。

男を見る目がなかった。若気の至りだというには、あまりに惨めな恋をした自身を、平北に知られたくはない。いい恋愛をしていたと思っていたのに、それが土台から危ういものだったのだと気づけもしなかった間抜けな自分を。

そんな自分が、平北に恋をしていいとは思えなかった。それなのに今、手を離せない己の浅ましさを、久能は恥じる。一時、平北から好きと言われて単純に喜んだものの、今はただ、苦さが残る。

躊躇いを覚えた久能に気が付いたわけではないだろうが、平北は歩みを緩めた。横に並び、久能さん、と優しく名前を呼ぶ。

「……なに？」

「月が綺麗ですね」

唐突に振られた言葉に、瞠目する。それは愛の告白を意味する言葉として有名だが、果たして平北がそれを把握しているのかはわからない。真意をはかりかねながら、久能は顔を上げる。

雲一つない藍色の空に、円い月が輝いていた。

そういえば、最近空を見上げることなんてなかったかもしれない。

余裕のない自分と平北との差に、また胸がしくりと痛んだ。たったそれだけのことで、なにもかも違うような気がしてきてしまう。

やはり先程の言葉は、額面通りに受け取るべきだろう。

マイナス思考な自分に辟易しながらも、久能は笑みを作った。

「本当だね」


平北のもとに訪れた外国人一家が帰国し、一週間も過ぎた頃、久能はそれまでの職場を辞した。

結局、笹野からもその妻からもなんの接触もないまま、進展もしていない。職場が離れることで多少気は楽になるが、いずれ決着をつけなければならないだろう。今日会う約束をしている溝口には、また叱咤されるに違いない。

今日は送別会という名の飲み会で、仕事を納めてきた。送別会の後に、ついでに東風に行こうと溝口から誘われていた。

溝口は東風と平北の昭和臭のするセンスが結構気に入っているらしく、時折一人で出向くことがあるらしい。

会社のブログに、平北の名言風書道貼り紙や、コーヒーのことを写真付きで投稿しているようだ。

待ち合わせ場所で待機していると、溝口が改札から走り寄ってきた。溝口は久能を見て盛大に顔を顰める。

「ぎゃー、死ぬ。なにその恰好。お前日本の夏なめてんの？」

「しょうがないだろ、今日まではあの会社の一員だったんだから。それに、世の中こういう恰好してるの、別に俺だけじゃないし」

まだ残暑も厳しい折だが、久能は上着を脱いだもののスーツを着用していた。

溝口も会社員だが、服装が自由なせいかTシャツとジーンズというカジュアルな服装をしている。

「いや、でも悪かったな、大幅に遅れて。すげえ待たせたよな？」

「仕事なら仕方ない。それに、こっちも二次会があったから逆にタイミングよかったよ」

「あれ？　なんだよ、二次会なんてないって言ってたのに」

「俺もそう思ってたんだけど、なんか女子からやけに誘われた」

仲のいい同僚などいなかったので、一次会でお開きになるかと思っていたが、実際は違った。

「はー……モテ自慢かこの野郎。何故《なぜ》ゲイのお前がモテてこの俺がモテない」

「なんでだろうな」

それにには久能自身も驚いている。どれだけ忙殺されているときでも焦りや苛立《いらだ》ちを表に出さず、人のフォローまでしていた久能は、女性社員からの評判はそう悪くなかったらしい。単に疲れると無表情になりやすいのと、目端が利くほうなのでフォローに回ることが多かっただけなのだが。

「なにその余裕。いーわよ今日はとことん飲んでやるわ！」

「何故オネエ。東風は酒出さないぞ」

東風は純喫茶なので、酒の類いは一切置いていない。

「知ってるわよ！　コーヒーを飲むわよ！」

二人並んで東風へ向かうと、いつものように平北が笑顔で迎え入れてくれた。

前回、少し関係が変わったかもしれないと思っていたが、ずるずると連絡を延ばしてしまって、正直一人で来られる気がしなかった。溝口に誘われたのは偶然だったが、それに乗っかる形になったのだ。

変わらぬ彼の態度にほっとしつつ、コーヒーをオーダーする。コーヒーを飲みながら他愛のないことをしゃべっていたら、すっかりと酔いが醒めてしまった。

二杯目のコーヒーを飲み干して、明日も早いからと溝口が席を立つ。

レジで支払いをしている最中に、溝口は思いついたように口を開いた。

「そういえば、この店ってネットで宣伝とかはしてないの？」

「あー、してないですねー。今は俺がいますけど、誰もいないときもあるんで」

平北もだが、現在不在の店長も趣味がバックパッカーだと言っていた。二人とも出払っているときももちろんあるのだろう。

そういう事情を聞いて、溝口は「ブログでたまに話題に出すんだけど」、と切り出した。

「たまに、この店どこにあるんですかって訊かれるんだけど教えてもいい？」

「お願いします。常連さん募集中です」

和気藹々《わきあいあい》とした様子の二人を見ながら、久能はコーヒーを啜《すす》った。

二人の間に特になにがあるわけでもないというのに、胸の奥に燻《くすぶ》った嫉妬を自覚していやになる。

――俺にイライラする権利なんてないのに。

夏祭りの夜に、告白めいたことをされたが、平北はそれ以上なにも言ってこない。

今まで通り何事もない様子の平北に、少々がっかりしつつも安堵していた。

久能は平北に恋愛の話をしてきていたし、恋人と明確に別れたとも言っていない。だから、なにも言ってこないのだろうと思う。

「じゃあ、久能。俺先に帰るわ。これからどうぞよろしく」

「うん。悪いな。よろしく」

「了解。じゃ、ごちそうさまでしたー」

ひらひらと手を振って、溝口が店を出ていく。

ふと一息ついて、すっかり冷めてしまったコーヒーに口をつけた。

「もう溝口さんの会社に行かれるんですか？」

カウンターに戻り、洗い物をしながら平北が口を開く。

「ええ。今日送別会してもらいました。引き継ぎってすごくバタバタするんですよね。前からちょこちょこやってたんですが、すぐに引き継げないものとかもあったので、ここ一週間ずっと終電でした」

はは、と笑うと平北が手を止めて顔を上げた。

何故かびっくりした顔をしている平北に、「どうしたんですか？」と首を傾げる。

「……いえ、なんでもないです」

もごもごと口にしながら、平北は再び洗い物を始めた。

「溝口さんも、英語関係のお仕事なんですよね？　前の会社となにが違うんですか？」

今までは東風と会社が近かった。溝口の勤める会社からは、電車を乗り継がないと来られない場所だ。

これからは、今までのようには来られなくなるかもしれない。

けれどまさかそんな話をするわけにはいかないので、色々な条件のことなどをかいつまんで説明する。

平北は久能の心情には気が付かなかったのか、笑みを浮かべてエールを送ってくれる。

「今度も、久能さんが活躍できる会社だといいですね」

「……はい。ありがとうございます」

なんだか居心地が悪くなり、久能は席を立った。

「あの、お会計お願いします」

「え、もう帰るんですか」

特にその言葉に意味はないとわかっていても、まるで引き留められているような気になってどきりとしてしまう。まだ残っていたヨシさんと水野にも、「まだいたらいいのに」と言われたが、笑って流した。

「はい。ごちそうさまでした」

コーヒー代を払い、お釣りをもらう瞬間に、ほんの少しだけ指が触れてどきりとした。

今日は、自分の下心に居心地が悪くなる。なんだか変な表情をしているような気がして、さりげなく俯いた。

「じゃあ、失礼します」

「お気を付けて」

顔を上げないまま会釈をして、久能は店の外に出る。

深呼吸を一つして駅へ向かおうとすると、目の前に誰かが立ち塞がった。自然とよけようとした久能は、対面の男に腕を掴まれて顔を上げる。

「……笹野さん」

会社帰りなのか、スーツのままの笹野は、いつもと変わらない様子でそこに立っていた。

どれだけ煙草《たばこ》を吸ったのか、強い煙のにおいがする。

「あの、どうしたんですか。こんなところで」

「最近二人で会えないから、待ってたんだよ」

快活に答えた笹野に、本能的な恐怖を感じて久能は腕を振り払うようにして距離を取る。

二次会の店を出るとき、久能は一人だったはずだ。それに、久能は笹野にこの店の場所も名前も教えたことはない。

一体、いつから待っていたのだろう。どこから。

一度も話しかけてこなかったのがどういう理由かわからないが、外から観察されていたのかと怖くなる。

「改めて、転職おめでとう。これからますます活躍できるな」

「……ありがとうございます。あの、じゃあこれで」

横をすり抜けようとしたが、再び腕を掴んで阻まれた。その力の強さに顔を顰める。

「お前、そんなに俺のことが好きか？」

「……はぁ？」

つい、素のトーンで返してしまう。日本語を話しているのに日本語が通じない相手に、頭痛を覚えた。

「だって、同じ会社じゃ関係がばれるから転職するんだろ？」

「……違いますよ。いつからそういうことになってるんですか？」

転職することを決めたのは、まだ仲が拗《こじ》れる前のことだ。それに、転職の相談をしたとき、親身になってくれていたはずだったのに。

笹野は上司として背中を押してくれているのだと思っていた。本音は不倫するのに都合がよかったから、ということだったのだろうか。

「もう、やめてください」

まだ綺麗だった思い出まで汚さないでほしい。これ以上自分が、馬鹿な恋愛をしていたとは思いたくない。

笹野は聞き分けのない、とばかりに溜息を吐いた。

「この間からおかしいぞ。俺をやきもきさせて楽しんで。そういうのは可愛くないし、俺は嫌いだな」

なにが「そういうの」だと言うのか、まったくわからない。

「じゃあ、嫌いでいいです。それでいいから、もう無関係になりましょう」

ここ最近、ずっと言っていたことを改めて口にする。

何度も久能の意思は伝えていたはずだ。別れない、と強固に主張する男にはもう疲れた。

なにをどう伝えてもわかってくれないのなら、なにを言う気にもならない。

「そりゃあ、うちの奥さんと会話させたのはちょっとまずかったかもしれないけど。でもあれはああするのが一番よかっただろ？」

「あなたがそう言うならもうそれでいいです。何度も言いましたけど、奥さん、気づいてますすよ」

「だから？」

「こういう関係は、やっぱりやめたほうがいいです。奥さんも傷ついていると思います。……俺も、結婚している人とは付き合いたくありません」

男同士だというだけで、お天道様の下を歩けるような恋ではないのかもしれない。けれど、せめて月明かりの下で、手を繋いで笑い合えるような恋をしたいのだ。

笹野は顔を顰め、拳を握る。

「お前が一番好きだって言っても？」

「男の中では、なんでしょう？」

そう言ったのは、笹野だ。それではいやなのだと久能は何度も言った。

「じゃあ、あいつとは別れる」

「俺には関係ありません」

どうせできないくせに、と久能は切り捨てる。

それに、知らなかったとはいえ女性を一人悲しませていたのだ。この上自分のために別れさせて、これ以上の罪悪感なんて覚えたくない。

挑発的なことを言って、本当に別れられたら困るが、きっとこの男は離婚などしないだろう。そう確信していた。

「……どうして、そういうこと言うんだよ」

情けない声を出して、笹野が頭を掻く。

誰もいない場所でさえ手を繋ぐのすらいやがった男が、どうして路上で愁嘆場を演じられるのか理解できなかった。こんな風に騒いでいたら、店の中にいる平北や客に気づかれてしまいそうで落ち着かない。

——なんで、こんな人が好きだったんだろう。

ここのところずっと、何度も何度も自分に問うていた。

好きだった頃の気持ちを、まだ覚えている。

そのときのことを思い出して、今自分の目の前にいる男を見て、もう二度と、笹野にときめくことはない自分を思い知って、悲しくなった。

「……とりあえず、どこか場所を移そう。こんなところで話すことじゃない」

そもそも話し始めたのはお前だ。

そう言ってやりたかったが、そんなことよりも短く「いやです」の一言で断った。

久能の返答に、笹野は心底驚いたという顔をする。

なんだかんだと、笹野の話を聞こうとしたのが間違いだった。もう話すことなどなにもないと、きっぱりと断ち切ればよかったのだ。

——やっぱり、こういうところが優柔不断なんだ。俺は。

このままどこかに行っても同じことだ。また妙な屁理屈で話を逸らされるだけだ。

不毛な話し合いしかできないとわかっているのに、のこのことついていくほどの馬鹿ではもうない。

「あなたと話すことはもうない……——」

その言葉を阻むように、笹野に腕を引っ張られた。

「別にいいだろ。話をするっていうだけなんだから。なにを変なこと考えてるんだ？」

「なっ……」

そんなことはまったく考えていなかった。あんたこそなにを考えているんだと、開いた口が塞がらない。

離せ、と言おうとした瞬間、後ろから抱き寄せられる。

「え……」

背後を振り返ると、そこにいたのは平北だった。

「人の店の前で、なにしてるんですか。迷惑なんですけど」

平北は笹野を見据えて、低い声でそう告げた。いつも優しげな声しか聴いたことがなかったので、憤りをはらんだ声には迫力があって驚いてしまう。

上背もあるせいか、笹野が少々怯《ひる》んだ。

「どうも、すいません。すぐに移動しますから」

久能に触れていた笹野の手を、平北が振り払う。

「久能さんと付き合いたいなら、きちんと奥さんと別れたらどうなんだよ」

平北の発言に、笹野が目を瞬いた。そうして、検分するようにじろじろと平北の頭からつま先までを見やる。

「筋通せよ。あんた、二人の人間を悲しませてるのがわかんねえの?」

フォローしてくれたことよりも、珍しくぞんざいな言葉遣いの平北に面喰《く》らってしまった。

笹野は平北と久能の顔を交互に見て、表情を歪ませる。いつもは余裕に満ちた笑顔でいることも多い男の憤慨したような顔に、久能は一歩引いてしまった。

「……なんだよ、自分も二股しておいて」

久能を睥睨《へいげい》しながら、笹野は憎々しげにつぶやいた。

一瞬言われた意味を解せず、久能ははっとして首を横に振る。

「違う、この人はそんなんじゃ」

「俺にずいぶんいろんなこと言ったくせに、自分はちゃっかり別の男を見つけてたのかよ。俺にこんなに頭下げさせといて、ふざけるなよ」

「だから、それは」

まだ平北とは手を繋いだくらいでなにもしてはいない。けれど、既に心は動いていた。

誤解だと言い淀《よど》んだ久能に、笹野は舌を打つ。

「言っとくけどな、お前のほうが最低だからな。俺はちゃんと、女で一人、男で一人だけだった。お前は男二人と、本当の二股してたんだ」

馬鹿にしやがって、と笹野が久能の胸を強く押す。

衝撃に息を詰めると、平北が「おい」と久能を庇《かば》うように前に立った。それを見て、笹野が唇を歪める。

「中古でよかったらやるよ」

笹野の謗言《ぼうげん》に平北が固まる。きっと、久能の顔も色を失っていただろう。

下種《げす》な科白に引き続いて淫乱、と悪態を吐き、笹野は勝ち誇った顔をして踵を返した。

「……大丈夫ですか、久能さん」

いつも通りの優しげな声音で問われ、はっとする。

「割って入って、ごめんなさい」

大丈夫、と答えたつもりが、声にならなかった。微かに震える体を、平北が痛ましげに抱きしめてくれる。

助けたことで、男である久能の矜持《きょうじ》を傷つけたと思ったのかもしれない。そして、恥じるべき場面を見てしまったことも、併せての謝罪なのか。

確かに、付き合っていた相手があれだというのを平北に見られたのがショックだったのかもしれない。あんな男に振り回されて、いいようにされていた自分の程度も知れて、軽蔑されたかもしれないと思って、怖かった。

「店に、戻りましょう。ね」

「でも」

店の中には、まだ顔見知りの常連客がいる。

「いいから」

背中を押されて、一度は辞した東風へと戻る。

カウンターに座り、久能は俯いた。今になって疲弊が肩に重くのしかかってくるようだった。

久能が外でなにをもめていたのかまではわからないにしろ、戻ってきた態度で店内の空気を悪くしてしまった。申し訳なくなって、顔が上げられない。

こんな風になる前に、どうして。こんな風に終わりを迎えるなら、もっと早く別れておけばよかった。そうしなかったせいで、平北にとんでもない場面を見られてしまった。

この期に及んで自分のことばかり考えているのがいやだ。何故のこのことついてきてしまったのだろう。

悔恨が押し寄せてきて、久能は唇を噛む。

平北も、ヨシさんも水野も、その間久能に声をかけなかった。きっと、話しかけられてもまともに答えられなかった気がする。

どれくらいの時間が経《た》ってからか、店内は平北と久能の二人だけになった。不意に、豆を挽く音が聞こえてくる。

いつものように穏やかな様子で、平北がコーヒーを淹れている気配がした。

そして、眼前にカップが置かれる。

「どうぞ」

「……今日は、なんのコーヒーですか？」

顔を上げて苦笑混じりに問う。

きっとまた、こんなどうしようもない久能を慰めてくれる名前を、彼はつけているに違いなかった。

平北は、久能の前にミルクピッチャーを置く。

「久能さんが、俺を好きになるコーヒー」

平北の科白に、久能はカップに伸ばしかけていた手を止めた。

視線を上げると、平北が目を細める。

もうとっくに好きだと伝えそうになったが、そんなことを言うわけにはいかない。

黙したまま、なんと言っていいかわからないままの久能に、平北が重ねる。

「……昔の恋を忘れて、俺を見てくれるコーヒー」

もうとっくに、久能は平北を見ている。平北のことしか、見ていなかった。

――でも駄目だ。

自分には、差しのべられた手を受け取る資格がない。

ぱたりと落ちた手に、平北が悲しげな顔をする。

「……俺じゃ、駄目ですか?」

久能は頭を振る。

駄目なのは、平北のほうじゃない。自分なのだ。

「俺のこと、嫌いですか。年下はいやですか」

「そうじゃない。……そうじゃなくて、俺のほうが、平北さんには相応《ふさわ》しくないから、駄目です」

今まで、何度か自分の恋愛の話を平北にしてきた。そもそも、出会いからしてそうだったのだ。情けない久能を、彼はもう知っているはずなのに。

それに、先程の愁嘆場を見れば、うまく別れられていなかったことがわかるだろう。

平北に、自分なんかはもったいない。相応しくない。

そう首を振ると、平北がぎゅっと唇を噛んだ。

「……俺は、そんなの構いません。俺は、あなたが」

「——俺、不倫なんてしてたやつだよ」

遮るように言った露悪的な言葉に、自分で傷ついた。

平北とは違う。自分はそんなまっすぐな告白を受け取っていい立場の人間じゃない。浅はかさが、押しの弱さが招いた事態にけりをつけぬまま、平北の言葉を受け入れることはできない。

そう告げると、不意に頬に触れられた。

顔の輪郭を確かめるように触れた掌は、徐々に下へと向かい、久能の顎を取って上向かせる。

「……平北さんが、他の誰かと付き合ってたらいやです」

「俺はそんなことしません」

「そういう意味じゃないんです。……自分が、彼の奥さんにそういう思いをさせていたんだって思うと、自分で自分が許せないんです」

人のものを取るのはよくない。二股をかけられているどころか、不倫だったと知った久能もショックだったが、笹野の妻である巴はもっとショックだっただろう。

自分には、まだ誰かを好きになる権利はないのだ。

拒んだ久能に、平北が歯噛みする。

「……じゃあ、いつになったらいいんですか?」

どこで自分を許すのかと問われて、久能は逡巡する。

そう言いながら近づいてきた平北の唇を、手をかざして阻む。

指先に触れた唇の感触に、体の芯が震えるような気がした。

拒んだのに、平北は久能の手の甲に優しくキスをする。音もなく離れた唇は、緩やかな弧を描いていた。

「待ちます」

あなたの傷が癒えるまで、と平北は言った。

傷ついているのは自分じゃない。だからそれを贖《あがな》えるまでのことだと言い募ろうとしたら、平北は小さく笑んだ。

「待ってます。あなたのためにコーヒーを淹れて。……だから、いつでも俺のところに来てください」

どうして自分なんかに優しくするのだろう。こんな言葉をかけてくれるのだろう。

それは平北が本当に久能を好いてくれているからなのだ。

一体、どちらが年上なのかわからない。久能は泣きそうになりながら小さく頷いて、彼の淹れてくれたコーヒーに口をつけた。

相手の反応はともかくとして、笹野との関係にはとりあえずけりをつけられたと思われた。ひとまず、明日からは出社して顔を合わせることもない。

新しい会社への勤務は、来週の月曜日からだ。

もうしばらく出番のない、クローゼットの中のスーツをひとまとめにしながら、久能は溜息を吐く。

――再就職して、落ち着いたら……また東風へ行こう。

それまでは自重して、きちんと顔向けができるようになったら会いに行こうと決める。

ここまで延ばし延ばしにしてしまったが、笹野の妻とも連絡を取ろうと思っていた。彼女の意図はまだわからない。けれど、彼女が久能を咎めるつもりならば、十分に報いるつもりはあった。

問題が片付いたら、平北には自分の気持ちを伝えようと、久能は思っている。

彼女との話し合いが終わったとき、もう平北が久能のことなどどうでもよくなっている可能性はあるが、そのときはそのときだ。

未練がましくせず、きちんと現実を受け入れる覚悟もできている。

決意を新たにしていると、不意に携帯電話のメール着信音が鳴った。

溝口だろうか、とメールを開いて、差出人の名前を見て驚く。

——笹野、巴さん……？　……笹野さんの奥さん！

こちらから連絡する前に、向こうのほうから来てしまった。

以前ホテルの前で見かけた、きっちりとした女性が思い出されてどきどきする。

慌ててメールの本文を見る。

『主人がいつもお世話になっております。突然のご連絡をして申し訳ありません。お話ししたいことがあるので、「東風」へいらしてください』

彼女からの連絡はもとより、店の指定にも驚いてしまう。

——なんで東風!?

いつから、どういう経緯で知っているのだろう。もちろん久能が知らないだけで、前からあの場所を知っていたという可能性もある。

今は自分の中でまだ我慢しなければならない時期だったけれど、笹野の妻の誘いを無視するわけにはいかない。

久能は慌てて身支度をし、駅へと走った。

東風へ入ると、カウンターには常連客の他、巴と思われる女性が一人座っていた。

その彼女は振り返るなり、ここです、と手を挙げる。

まさか知り合いだとは思っていなかったのか、一体どういう関係なのかと、平北が目を丸くしていた。

久能は小さく会釈をして、巴のいるほうへと歩み寄る。

平北がなにか言いたげな顔をしていたが、今ここで話をするわけにはいかないので黙っていた。

「すみません、遅くなって」

「いいんです。こちらこそ、突然お呼び立てしてしまってすみませんでした」

久能は躊躇しながらも彼女の横に座る。

今日も、巴はきっちりとしたスーツ姿だった。

先日はかけていなかった、細い赤色のフレームの眼鏡を着用している。髪もきっちりとまとめられて、知的な雰囲気を醸し出していた。

「……テーブル席へ移動なさいますか？」

平北に問われて、久能が答えるよりも早く、巴が頭を振った。

「いいえ、とりあえず結構です。あの、お会計お願いできますか」

「あ、はい。五百四十円です」

巴はレジには行かず、その場に五百四十円をぴったり置き、席を立った。

「来ていただいたばっかりでなんですけど……外へ行きませんか」

「は、はい」

異論がないというよりも、むしろこちらから提案したいくらいだった。

東風の中で話をしなければならないと思って、内心びくびくとしていたのだ。

常連客もそれなりにいる場所で、もう修羅場は見せたくない。それに、久能をゲイだと知っているのは、平北くらいだ。いくら親しくしている常連客とはいえ、己の性嗜好をばらすほどの猛者《もさ》ではない。

二人でそろって外に出て、巴が東風を振り返る。

「いいところですね」

言いながら、胸ポケットから煙草を取り出す。

「あ、ごめんなさい。いいかな」

「ええ、どうぞ」

巴は、店外に置いてある灰皿の前で、火をつけた。

深く吸い込み、煙を吐き出す。腕を組み、紫煙を燻《くゆ》らせながら、巴は久能を一瞥した。

「子供ができてから、しばらくやめてたんだけど、なんだか恋しくなっちゃって」

子供、という言葉にどきりとする。それは言うまでもなく、笹野の子供でもある。

妻の存在だけでなく、子供のことまで言われると、ますます自分が不義の関係を築いていたのだと思い知った。そして、五年も気づけなかった自分の間抜けさに改めて落胆する。

「こんなに古い感じの喫茶店なのに、煙草は駄目なんですかね」

「いいえ、吸う人もいますよ。今日はいないみたいですけど」

「なあんだ。ここ、いいわね。レトロで可愛いし、コーヒーもすごくおいしい」

「そうなんです。僕はあまりコーヒーが好きでもなかったんですけど、はまっちゃって」

こんな話をしている場合かと思いつつも、久能は無為に雑談を挟む。

言いながらも気になっていたのは、巴が何故この場所を知っているか、ということだった。

「へえ、そうなんですか。夫は……笹野はあまりコーヒーは好きじゃないらしいんですけど、飲んでいきましたか？」

突然本題に触れられて、久能はぎくりとする。

けれど、少し深呼吸をして、平静さを取り戻すようにつとめた。

「……いえ、飲んでいきませんでした」

外で待っていただけで、彼はこの中へは入らなかった。ここまで出向いたのはそれ一度きりだ。

久能の答えに、巴は表情一つ崩さない。

「――あなた、笹野と付き合っていましたよね？」

灰を落としながら問われて、久能は思わず息を止める。

今更になってごまかす気はなくて、久能は肯定した。

どうして巴が東風の場所を知っているのか、と思ったが、久能についてか、笹野についてか、もしかしたら両方かもしれないが、興信所かなにかで身辺調査を頼んでいたのかもしれない。

笹野は基本的にあまり隙を見せない男で、ここで愁嘆場を演じたのが唯一の手抜かりだったようにも思う。

明確に、他者の前で、久能との関係を暴露したのはこの場所でだけだ。

「――申し訳ありません」

結果的には騙《だま》されていたのだ。けれど、やはり自分に非がないわけではない。

久能は言い訳せず、素直に頭を下げた。

深々と頭を垂れる久能に、巴は無言だった。一体どんな顔をしているのか、久能にはわからない。

けれど、どんな罵りも受けようという覚悟はあった。

その沈黙を破るように、声が割って入った。

「待ってください」

顔を上げると、平北が二人の間に立ちはだかるようにして巴に向き合っている。

煙草を挟んだ指を動かしながら、巴は無表情だ。

「久能さんだって、騙されてたんです」

「平北さん……っ」

それでも、不貞行為を働いたのは事実なのだ。それを彼女に言っても、仕方がない。

まだ久能を庇ってくれる気持ちがあるのは嬉しいが、それでは巴も怒りのやり場がないだろう。

そう言おうとするより早く、巴がふっと笑った。

「知ってる」

「え？」

「ていうか、そんなことはどうでもいいのよ別に」

煙草を灰皿に押し付けて、巴が肩を竦める。

そうして、拳を握り、ふふふと不穏な声で笑った。思わず平北と顔を見合わせると、巴はガッツポーズを作る。

「よかった！　これであの男の完全な有責で別れられるわ！」

高らかに宣言した言葉の意味が解せず、久能と平北はそろって首を傾げた。

曰く、巴が久能と接触を図ったのは、夫の裏切りを知って、その相手を偵察し、糾弾するため――ではなかった。

「びびらせてごめんなさいねー。不貞の証拠を掴むための、偵察だったのよー」

「しょ、証拠……？」

ちょっと調子に乗って怯えさせちゃった、と巴はやけに明るく話し出す。

「あのね、ものすごく気に病んでるみたいだから教えてあげるけど、あの人他に女もいるのよ」

「え!?　そ、そうなんですか!?」

笹野は以前、男では一番、女では一番、と言っていた。番号がついているということは、分母が一人ではないのだ、と巴が言う。

他にもたくさんいる、そのうちの一番だ、という意味だったのだろうか。だとすると、一番という数字すら嘘っぽく思える。

仕事も忙しいのに、久能だけではなく他も相手にしていたとは驚きだった。よっぽど器用だったのだろうが、さすがにどこかでボロが出るものらしい。

「無駄に鼻は利くし、悪知恵の働く男だから、女だと本当に証拠が掴めなかったのよね……。本当に、一体どうやって密会してんのか、全然わかんなかったわ」

久能に至っては、浮気自体には薄々勘付いていたものの、複数人も相手にしていたことまでは気づけなかった。

けれど、笹野の行状を鑑みるに、それは巴の邪推、という可能性は低そうだ。

「でもあなたの場合、あなたが男の人だからかわかんないけど、結構油断してたみたいね」

ばーか、と巴が夫に対して嘲笑を浮かべる。

巴によれば、唯一笹野が零していた「証拠」らしい。

一番仲のいい後輩、という態《てい》を保っていたようだが、やはりあの日の電話で決定的に悟られたようだった。

「浮気三昧の父親っていうのも情操教育上よくないでしょ。うちの子女の子だし、いずれ気づかれると思うのよね。かといってあれはもうあの男の病気だから治しようもないし」

「病気……ですか」

「病気よ。娘にとってはいい父親でいてくれたからすごく迷ったけど。それに、コケにされるのもむかついたしね」

笹野は休日やクリスマスなどのイベントデーに、久能と一緒にいてくれることはなかった。だからこそ浮気を疑ったのだけれど、そのときは浮気相手ではなく子供と一緒に過ごしていたらしい。

「なんとか慰謝料と養育費が取りたかったんだけど、証拠がなかったの。これでようやく離婚できるわ。ありがとう！」

まさか、離婚できるきっかけを作ったことをこんなに喜ばれるとは思ってもみなかった。

どういたしまして、と言うのも変だし、久能はただ苦笑するしかない。

「訴えないから、証言してくれる？」

「あ、もちろん。あの、協力できることはしますから」

むしろ、騙されていたのならあなたも訴えることができるよ、と言われたが、そちらは辞退した。別に、彼を訴えたいわけではない。

巴は、ふっと息を吐き、平北をじっと見つめる。

「……この子、久能さんの恋人？」

「ちが」

「その予定です！」

久能の声にかぶせて、平北が大声で宣言する。

そうして、ぎゅっと手を握ってきた。久しぶりに手を握ってもらって、頬が熱くなる。

巴は目を丸くして、苦い顔をして笑った。

「いいわねえ。ていうか、笹野は完全に邪魔者なのね。ざまーみろってんだわ」

ほほほ、と高笑いした巴に、なんだか気が抜けてしまう。平北に手を握ってもらえていなかったら、へたり込んでいたかもしれない。

そうと知ったらやることがあるから帰る、と巴は言った。

「じゃあ、なんか急に押しかけちゃってごめんなさいね。また連絡します」

「いいえ。あの、今まで本当にすみませんでした」

「やだ、いいのよ。まあ、不倫だってわかってて付き合ってた相手なら、そりゃ一発くらいぶん殴っておきたい気もするけど」

からからと物騒なことを言って巴は笑うが、久能は口を噤んだ。

久能と笹野が付き合い始めた当時、既に家庭内別居は始まっており、愛情も枯渇していたそうだ。

今は別居しているようだが、それも久能のことが原因ではないのだと巴は言う。

それがどこまで本当かわからない。けれど、好き合って結婚した夫婦だ。やはり、傷ついたに違いなかったし、一人の女性として、浮気をされるのは自分を否定されたような気がしたのだろうと思う。

浮気相手のほうだった久能もそうだったのだから、婚姻関係を結んでいた彼女はもっと、だったに違いない。相手を殴りたくもなるだろう。

「……あの、俺でよかったら」

久能の申し出に、巴だけでなく、平北も驚愕の表情を浮かべる。

「な、なに言ってるんですか！」

「……なんか、真に受けて殴ったらこの彼氏に恨まれそうね」

だから、彼氏ではないのだと言うのだが、巴の耳には入っていないらしい。

「それに、こんなきれいな顔は殴れないわー」

「いえ、あの……本当に俺でよければ思い切り殴ってくださって結構ですから」

一応男だし、それほど柔《やわ》にはできていない。幸い、新しい会社に行くのにもまだ期間があるので、顔に傷を作っても大丈夫だろう。

そう言うと、巴は苦笑した。

「いやー、そんなの無理よ。顔は無理」

「でも」

「じゃあ、大きく息吸ってー」

「は？」

急になんだろうと怪訝に思いながら、久能は素直に息を吸う。

「吐いてー」

掛け声通りに息を吐く。

「止めてー」

吐いている途中で、言われるまま息を止める。くっと腹に力を入れた瞬間、巴の拳が腹にめがけて飛んできた。

「……っ！」

「く、久能さん!?」

息を止めていたので、咄嗟に悲鳴は出なかった。女性の力なのでそれほどではないのだろうが、不意を衝かれたのと、結構な勢いで拳を叩き込まれたため、相当苦しい。

咳《せ》き込んでいると、巴が手をひらひらと振った。

「顔はやばいからボディね。これでチャラでいいわよ」

「あ、ありがとうございます……?」

腹を押さえて頭を下げると、巴はうきうきとした足取りで駅のほうへと姿を消した。

それを二人で茫然と見送る。

「すごい人だ……」

しみじみとつぶやかれた平北の科白に、久能は無言で同意した。

久能が証人として呼ばれることはなかったが、その後、巴からの報告によれば、それから間もなく無事離婚が成立したという話だった。

離婚問題に強く、フェミニストな女性弁護士を掴まえていた巴は、離婚調停では圧勝したらしい。

先日「勝訴」と件名に書かれたメールを久能に送ってきたばかりだ。

もっとも、笹野は巴の要求をすべてすんなりと飲んだらしく、大して揉めることもなかったようだが。無論、久能はどちらからも慰謝料の請求はされなかった。巴からは、もうあまり気に病まないのよ、というメールも来た。

もしかしたら、笹野に付きまとわれるかもしれない、という懸念も湧いたものの、今のところは杞憂で済んでいる。

久能はと言うと、友人の溝口が勤める会社への転職後も、順調に仕事をすることができている。今までと勝手は違うが、やりがいがあって楽しい。「もう少し情緒を」と言われることがあるが、大きい企業に勤めていたこともあってルーチンや研修のメソッドなどが参考になると、同僚たちに囲まれることが増えた。

今日は、転職祝い、ということで東風に呼ばれている。日付が変わる頃までは常連客も一緒にお祝いしてくれた。

何度か店の周辺でいざこざを起こしていたことなど、特に誰も、なにも言わなかった。

ただ、すべてひっくるめて「よかったね」と言ってくれたのだ。

いつもなら始発までいる人も、日付が変わる頃にはすべて帰宅し、東風にいるのは久能と平北の二人だけになった。

平北は店のカーテンをすべて降ろし、クローズの札を下げる。

「今日はもう、おしまい」

そう宣言して、カウンターに戻る。

まだ少し早いのでは、と思ったが、二人きりになれるのは嬉しいので、敢えて口は挟まなかった。

カウンターに戻った平北は、氷を入れたフルート型のグラスにラムを注ぐ。普段は酒を提供しない店なので珍しい、と思いながら見ていると、冷蔵庫からケトルを取り出し、中に入っていたコーヒーをさらにグラスへと注いだ。

また別の酒を加えて、一体なにをするのかと見ていると、今度はミルクフォーマーでミルクを泡立て始める。

「……なに作ってるんですか？」

「んー」

答えるでもなく相槌を打ち、平北はふわふわになったミルクの泡を、先程のグラスに載せる。爪楊枝《つまようじ》でちょこちょことその上でなにかをしながら、数秒後、平北は満足げに息を吐いた。

立たないと手元が見えないが、背筋を伸ばしてその手元を見ようとしていた久能の前に、平北がグラスを置く。

「カフェ・カリプソ風の、ラテアート風……です」

「『風』がつきすぎじゃない？」

そのネーミングをおかしく思いながら、久能はグラスを覗き込んだ。

コーヒーを使ったカクテルの上にホイップされたミルクが、その上に、ハートのマークが浮かんでいる。どうやら、先程爪楊枝でちょこちょこと作っていたのは、この絵だったようだ。

ハートマークということにどきりとしながらも、久能は出されたカクテルに手を叩く。

「すごい。ラテアートだ」

「『風』です。『風』。ラテじゃないしラテアートの本来の技法じゃないんで」

本人としては、そこはこだわりのポイントらしいが、久能から見ればなにが違うのかはよくわからない。

すごい、と繰り返し、久能はグラスを手に取った。

「飲んでいいですか？」

「もちろん。というか、ぜひ飲んでください」

恭しくお辞儀をされて、久能はグラスに口をつける。ラムと、強いコーヒーの香りがする。甘さはそれほどでもなく、飲みやすい。

平北に特別なものを作ってもらった、それだけで心が浮《うわ》ついてしまい、楽しくなってくる。

「どうですか？」

「すごくおいしいです。コーヒーのカクテルって、すごく甘いイメージがあったけど、これはそんなに甘くなくて飲みやすい」

「久能さん、あんまりコーヒーに砂糖とか入れませんもんね」

じゃあもう一つ、と笑顔で人差し指を立てて、平北がしゃがみ込んだ。

ごそごそとなにかを用意している音が聞こえ、今度はなにが出てくるのだろうとグラスを傾けながら期待する。

「はい、久能さんへ」

顔を出した平北が、小さなホールケーキを眼前に差し出す。

いつも東風で提供しているケーキは、オーダーされてから焼くホットケーキだけだが、時折チーズケーキが並ぶこともある。

だがそういうものは開店後間もなく顔を出す客の口に入り、久能は常連さんに一口分けてもらうばかりだった。

目の前にあるのは、そんな貴重なケーキを小さく焼いたものらしい。

「転職おめでとうございます。それと、あっちも」

平北にも、巴の離婚のことは言っていたし、巴のほうからも直に連絡が来たようだ。彼女の一区切りは、自分の区切りでもあったように思っていたので、嬉しい。

渡されたケーキを受け取って、なんだか泣きそうになる。

「……ありがとうございます。なんか、今日ずっとお祝いしてもらってばかりで」

申し訳ない、と笑った久能に、平北が顔を寄せてくる。

とてもさりげなく、平北は久能の唇に触れた。まるで挨拶をするような自然な動作で、けれど間違いなく唇が唇に押し当てられる。

前のように、反射的に拒むことはしない。

一番罪悪感を覚えていた相手に殴られたことは、自分が予想していたよりも久能の心の澱《おり》を吹っ飛ばしたようだった。そんな心情を吐露したことはなかったけれど、平北はわかっていたのかもしれない。もしかしたら久能自身よりも。

そっと離れた平北は、まだ顔を近づけたまま、微笑む。

「……好きです」

驚いてリアクションできずにいた久能の額に、平北がこつんと自分の額を押し当ててくる。

平北の行動に、胸が締めつけられた。ぶわっとせり上がってきた愛《いと》しさに、久能は「はい」と返す。

「……俺もあなたのことが、好きです」

舌がもつれそうになりながら言うと、それだけで平北の頬が色づく。唇を震わせて、頬を押し当てたり、額をぶつけたりしてくる。

「本当はもっと落ち着いてから、ってしたかったんだけど、駄目かも……」

「え？」

一体どういう意味かわからず訊き返すと、平北はばっと身を離した。

「ごめ……すいません、俺いま、ほんと余裕ない」

口元をごしごしと擦りながら、平北は頬を紅潮させる。なにをそんなに照れているのだろうと思うのに、久能もつられて赤くなってしまった。

「余裕、って」

「だって、身の回りが落ち着いたところだから、じゃあ……って途端に手出すのって、駄目ですよね？」

「駄目ってなにが」

「こういうの、大人らしくないじゃないですか。なんか我慢ができない子供みたいっていうか……」

今まで割と積極的に攻めてきたはずの平北の照れるツボがよくわからない。

自分よりもよっぽど落ち着きがあると思っていたが、彼は彼なりに多少の背伸びをしていたということなのかもしれない。

泰然自若としたところや、ちょっと浮世離れしたところに惹かれたが、時折垣間見《かいま》える年下らしいところも可愛く思っていたのだ。

「平北さん」

久能は腰を上げ、カウンターから距離を取ってしまった平北を手招きする。

素直に近づいてきた平北に、今度は久能のほうから唇を寄せた。

至近距離にある平北の顔が、目を大きく見開いて、驚きの表情を作っている。けれど、すぐにイニシアチブは平北へと移り、久能は唇を開かされ、口腔《こうこう》を犯された。

舌を甘噛みされると、背筋が震える。平北の手が宥めるように項《うなじ》を優しく撫でるのに、感じ入ってしまうのが恥ずかしい。

唇を離して、ほっと息を吐く。

平北は、赤く、強張《こわば》った顔をして久能を見つめていた。その瞳がうるんで、黒目が大きくなっている。

彼の気が昂《たか》ぶっているのがわかって、久能はふっと唇を綻ばせた。

「……我慢がきかない大人でも、いいんじゃない？」

「え……？」

「大人だから、我慢しなくていいってこともあるんだと思うけど」

そこのところどう思う？　と訊いた声は、自分でもわかるほど高揚していた。

顔を真っ赤にした平北に、久能はごめん、と口にする。

自分の都合で待たせておいたくせに、偉そうなことを言ってしまった。

「それって」

平北は少々声を上擦らせる。久能は再びキスをしようとして、不意に手元のケーキに気づいて腰を下ろす。

「あ、ごめんなさい。ケーキ、折角作ってもらったのに」

ぱっと身を離した久能に、平北が「久能さん！」と悲鳴じみた声を上げる。平北が想いを込めて作ってくれたのだから、と思ったが、我ながら今のは空気が読めていなかった。焦《じ》らしているのかと恨めしそうに言われ、慌てて首を振る。ケーキも大事だが、一番大事なのは勿論平北本人だ。

「平北さんがいやじゃなかったら……その」

抱いて、などとは恥ずかしくて言えなかった。いい歳をしてもじもじとしてしまい、久能は俯く。

「……してください」

小さな声でねだると、平北が「ずるい」と言いながら幾度目かのキスをしかけてきた。

平北はケーキを冷蔵庫にしまい、カウンターから出てくるなり、久能の腕を掴んで二階の住居部分へと上がっていった。靴を悠長に脱ぐ時間をくれなかったので、玄関

部分に放り投げるようにして脱ぎ捨ててしまったのが少しだけ気になる。

けれど、そんな他方《よそ》を気にする久能を咎めるように、平北は畳敷きの部屋に久能を押し倒し、唇を合わせてきた。

「ん……っ」

階下で触れたより、もっと深く、荒々しく合わせられる唇に、息ごと奪われる。

懸命に応えようとするが、やはり息苦しくなって、久能は男の背中を叩いた。

「……っ」

「す、すいません」

ぜえぜえと胸を喘《あえ》がせる久能を見下ろし、平北は呼吸を乱しながら眉尻を下げる。

こんなに余裕のない平北を見るのは初めてで、久能も少しびっくりしてしまった。

「久能さん、好き」

拙い告白が落ちてきて、その返答をするより早く平北が覆いかぶさってくる。再び噛みつくようなキスをされて、息苦しさに目を回しながら、それほど求められていることに嬉しくなった。

「ん、ぐ」

けれどやはり度が過ぎれば苦しくて、久能は何度も唇を離した。それを必死に追いかけてきた平北に何度も塞がれる。

半ば諦めて、久能は平北に腕を巻き付けた。しがみつくようにしながら、平北の後頭部を宥めるように撫でてやる。そのうちに、平北はそっと唇をほどいた。

内心安堵しながら、久能は平北に微笑みかける。本当は酸欠で声を出す気力がなく、それで精いっぱいだった。

よしよし、と頭を撫でていた手を平北が取り、くしゃりと顔を歪める。

「すみません、俺……興奮しすぎて」

正直に申告してきた平北に、久能は笑ってしまう。

「……大丈夫。嬉しかったよ」

別にひどくされるのが好きなわけではないけれど、それだけ無我夢中で求められていると思うとそれだけで嬉しい。

答えた久能に平北は顔を赤くして、握った手にキスをした。掌に、関節に、指先に唇が触れていき、腰骨のあたりが震える。

平北は久能の指に自分の指を絡めるようにして手を繋いだ。

「あ」

つい声を上げた久能に、平北が頬を上気させながら首を傾げる。

「カフェオレ。俺と平北さんで」

以前手を繋いだときの彼の科白を思い出して笑うと、見下ろす平北が唇を噛んでぷるぷる震えていた。

「久能さん……っ、このタイミングでそれは……っ」

「え？　だって」

「どうせ下心ありましたよ！　あんときも流してくれたんですからそこは流してくださいよー……っ」

下心があったのか、と驚きつつ、今からしようとしていることは手だけじゃなく色々なところで「混ざる」行為なのだと思い至って恥ずかしくなる。別に揶揄《やゆ》したつもりはなかったけれど、それは言わないほうがいいだろう。

好き、と囁《ささや》きながら、平北は久能のシャツのボタンを外す。

もどかしげに、けれど先程までの勢いを反省したのか、優しくしようとしてくれる気遣いが伝わった。

完全に脱がさないまま、平北はあらわになった久能の鎖骨に唇を寄せる。

「んっ……」

骨の上の、薄い皮の部分に歯を立てられる。ちょっと痛いくらいに噛んだ後、熱い舌がいたわるようにそこを舐めた。

先程、口の中を犯していたその味と柔らかさを覚えていて、二か所を責められているような気分になる。

「……、ぁ」

ちゅ、ちゅ、と音を立てながら平北の唇は首筋に移動する。両腕ですっぽりと抱きしめられた。

密着した肌から伝わる鼓動は、なんだか久能よりも平北のほうが速い気がする。汗ばんだ手は、興奮のせいばかりではないのだろうか。

「なんか……緊張してる?」

いつもの様子とは少々違う平北に、ついそんな風に訊いてしまう。

びくんと平北の背が強張った。ゆっくりと上体を起こし、平北は赤みの差していた頬をさらに濃く染め、唇を引き結んだ。

「……そりゃ、してますよ。緊張くらい」

「どうして?」

自分はともかくとして、平北が緊張することなどない。

本当に疑問に思って訊いたのに、平北は顔を顰めて「いじめないでください」と唸る。

「大人な久能さんにはわかんないかもしれませんけど、俺今結構……相当必死なんですよ」

ひどく不本意そうにつぶやく平北に、胸がきゅんとしてしまう。

久能は平北が思っているほど大人ではないし、余裕だってない。

「某国でうっかり他国民が入っちゃいけない場所に入って銃を向けられたときくらい緊張してます」

「……そんなに？」

命に係わる出来事と秤《はかり》にかけるほど大仰な事態だろうか。

それを口に出して言ったわけではなかったが、平北は唇を尖らせた。

「俺にとっては、そうなんです！」

「……そうですか」

自分相手に緊張などする必要がないのに、と思いながらも、また怒られそうなので口にはしなかった。

先程の甘えた口調は子供っぽく、可愛くてつい頭を撫でてしまう。

平北はますます顔を赤くして、久能の体に覆いかぶさってきた。

久能のほうこそ緊張しているのに。

久能の体は、笹野以外を知らない。だから、自分の反応が他の人とどう違うのか、なにかおかしいところはないか、わからない。

それがもし、昔の恋人の好みではあっても、平北にとっては気に入らない言動だったらどうしようと、不安を覚えてもいた。

それを口にしないあたりが、自分は少しずるいような気もする。

「そんなに緊張しないで」

余裕ぶってそんなことを口にすると、平北はがぶりと首筋に噛みついてきた。

「……もー……なんでそんなに余裕なんですか？」

そんなに余裕はないのだけれどと苦笑いしていると、腰のあたりを撫でていた平北の手が、ボトムの中に差し込まれる。

「ん」

下着の上から臀部《でんぶ》を揉まれ、思わず腰が逃げる。平北はそれを許さずに大きな掌で久能の小さな尻をぐにぐにと揉みしだいた。

その指が、男を受け入れる部分を上からつついてくる。さすがに恥ずかしくて、咎めるように平北の背中を叩くと、ようやく手がボトムの中から出て行った。

「……久能さん、ちょっと痩せすぎてないですか？」

「……急になんの話？」

確かに、ここ最近の生活の変化で服のサイズが全体的に緩くなったような気はしていた。

けれど、どうしてこのタイミングで言うのか。

平北は顔を上げて、上から久能を睨み下ろす。

「だって、デニムの中に手がすっぽり入るって、結構なもんだと思うんですけど」

「ああ、そういうこと……？」

一体どこで測ってるんだと思ったが、実際前より痩せたのは本当なので、正直に色々あったから、と言ってみる。

平北はきゅっと眉根を寄せて、溜息を落とした。

「……じゃあ、これから俺が久能さん太らす！」

「俺、あんまり太れない体質だし、食事もたくさんは食べないんだけど大丈夫かな？」

意気込んだ平北にそう言って笑うと、平北は「違いますよ」と眉を寄せた。

「そういうことだけじゃなくて、いやそれもですけど……俺が幸せにしますって意味ですよ」

なんでわかんないの、と唇を尖らせる平北に、不意を衝かれて笑ってしまう。

「なんだか……平北さんて可愛い」

前々から思っていたことをつるりと零した久能に、平北はとてつもなく不本意そうな顔をした。

その意味がわからずにいると、平北が片手で器用に久能のボトムのボタンを外す。

「……可愛いとか、とてもじゃないけど言えないようにしてやる」

「え？　え？」

拗ねた声を出した平北は上体を起こし、久能のボトムを下着ごとずり降ろす。買った頃よりサイズが緩くなっていたせいか、あっさりと脱がされてしまった。平北はそれをぽいっと部屋の隅に放り投げる。

急に下肢を剥かれて目を白黒とさせた久能の上にまたがって、平北は胸元のタイを片手で緩めた。

その動作と、先程までより獰猛《どうもう》になっていた男の瞳に、久能はぽうっと見とれてしまう。

意外と自分は、平北のギャルソン姿が好きらしい。私服には別のときめきがあるのだが、やはり一番かっこいい、と思うのだ。

「あ……」

怖いくらいの表情で熱っぽく見つめてくるのに、平北の手は優しい。

既に兆していた久能のものに、そっと指を絡めしごきあげる。すぐに平北の手がぬるぬると滑り出したことに、久能は頬を染める。

「……気持ちいい？」

水音が部屋に響き、否定できるわけもなくて久能は頷く。こんなことをするのが久しぶりで、すぐに体が昂ぶった。

下腹に押し付けるように、掌で擦られる。自分の肌と平北の掌の間でもみくちゃにされて、背筋が快感に震えた。

「っ……」

一瞬波が引いた後、体の中から覚えのある感覚が湧いてくる。反射的に逃げた腰を押さえ付けて、平北は先程までよりも強い力で久能のものを擦った。

「あ、あっ……！　待って……っ」

語尾を上ずらせて、久能は背を丸めて達した。腹や胸に、自分の吐き出したものが飛ぶ気配がする。

唇を噛んで嬌声を堪え、再びくたりと畳の上に背中をつけた。

断続的に熱を吐き出す久能のものをゆっくりと弄《いじ》りながら、平北が「可愛い」とつぶやく。

先程の意趣返しなのか「可愛い」を連呼し始めた平北を軽く睨み、久能は乱れた息を落ち着かせて、身を起こした。

平北と向かい合わせの形で座る。平北は、満面の笑みを浮かべながら、唇をちゅっちゅと寄せた。

そのキスを受け止めながら、久能は平北の下腹部に手を伸ばす。

久能の体に触れている間、平北もその気になってくれていただろうか。

初めて会った日に彼の半裸は見ている。服の下の体は、しなやかそうな筋肉がついていた。けれど、さすがにこの部分は見ていない。

ちゃんと、興奮してくれているだろうか。

想像すると体が熱くなって、久能は平北のボトムに触れた。

「ちょ、久能さ……」

ボトムの上からでもわかるほど、平北のものは大きくなっている。安堵し、愛しくなって、久能は彼のボトムのボタンを外した。

「あの、ちょっ」

焦る平北を黙殺し、ファスナーを下げて、下着に指をかける。引っ張ると、平北のものが顔を出した。

大きなそれは、少し濡《ぬ》れているような気がする。自分の痴態が一役買っているのだろうか、そうなら嬉しい、と思いながら、指で触れた。

「く、久能さ……」

びくんと震えたそれに、指を絡める。脈打つ熱の塊は、すぐに久能の手を濡らした。

すごい、と思わず零すと、平北が唸る。

けれど別にいやそうではなかったので、久能は少し体を離し、身をかがめた。

「え……っ、ちょ、ま」

びく、と震えるそれに、久能は唇を近づける。息がかかるだけで、平北のものはさらに大きくなったような気がした。

口の中に入るかな、と少し不安になりながらそっと舌を出し、つるりとした先端の部分に触れる。

「……っ！」

それとほぼ同時に、ぴしゃりと顔に熱いものがかかった。

思わず固まると、頭上から平北の荒い呼吸が落ちてくる。上目遣いにその様子をうかがうと、歯を食いしばって、平北が顔を歪めていた。

「もー……もー!」

殆ど絶叫して、平北は久能の肩を掴んで身を起こさせる。

「なんなんですか、もー!」

「え? あの、ご、ごめんなさい」

はしたない真似をしてしまったかもしれない。口でされるのはいやだったろうかと内心びくびくしていると、平北はかくんと頭を下げた。

「……それに、もう、なんなんですか。ほんとになんなんですか久能さん。上目遣いとかもうずるい。ほんとにずるい」

「……いや、でした?」

「いやなら、こんな風に暴発するわけないでしょ!」

ばかー! と半泣きになって平北が久能を責める。けれどそれは怒っているわけではないようで、ほっとした。

「あ、そう、かな?」

じゃあよかったと胸を撫で下ろして、顔に飛んだものを指ですくって舐める。

対面の平北の顔が一瞬で真っ黒になった。

よくよく見ると黒ではなく赤だった。そう意識した瞬間に、再び押し倒される。

信じられない、と言いながら平北は再び久能のものをしごきあげた。

達したばかりのそこは敏感で、先程までよりも性急に弄られたせいか、あっという間に二度目の体液を吐き出した。


顔を拭われた後、自分の放ったものを潤滑剤にされて、受け入れる部分を丹念にほぐされた。

もういい、と言っても平北は許してくれず、指で中の熱さや柔らかさを実況中継しながら暴いていった。

恥ずかしくて息もできないくらいだったのに、「ここが好き?」「どこがいい?」と何度も訊かれて、自分の感じるところを暴露させられる。先程の仕返しなのか。

今まで考えて抱かれたことなんてなかったから本当にわからなかったりすることも

あって、わからないと言ったせいで、自分が感じる場所を初めて意識させられてしまった。

「そろそろ、いい？」

久能の答えを期待していたわけではないのか、それとも口に出さなくとも体がいいと言ったのか、平北は返事を待たずに指を抜いた。

広げられた場所は、指がなくなるとぽっかりと空いた感覚がして不安になる。

久能は熱くなる息を何度も浅く繰り返しながら、平北の腕を引いた。

「早、く」

甘えたような声を出すと、平北がうっと詰まる。

切ないくらい空いた場所に、早く嵌《は》めてほしい。

お願い、と言うと、平北は久能の足を抱えてその場所に熱を押し当ててきた。

「あっ……ぅ」

大きなものが、体の中に入ってくる。

ずいぶんと下準備をしたと思っていたのに、まだ苦しいくらいで、久能は短く息継ぎをした。

「あ、ぁ……あぁ……っ」

一番深いところまで到達したと思ったのに、平北はまだ中へと入り込んでくる。

「や、もう」

「ごめんなさい、最後まで行かせて……」

堪えるような声で平北が言い、一気にすべてを押し込んでくる。肌の当たった感触を意識したのと同時に、久能は仰《の》け反った。

達した、と思ったが、さすがにもう二度も出しているので出ないようだ。吐き出せなかった熱が体の中に滞留して、もどかしさが募る。

かたかたと震える腰を撫でられて、久能は嬌声を上げた。

「ん、む……っ」

声を飲み込ませるように、平北が唇を合わせる。舌を絡めながら体を揺すられて、久能は泣きながら縋《すが》った。

密着した腹の間で、快感の兆しを零しながら自分のものがもみくちゃにされる。

「んん、んっ、ぅー……っは」

解放された口で大きく息を吸うと、平北にひときわ強く抱き寄せられた。ちょうど平北の肩に口元が当たり、無意識にそこを吸う。

甘噛みしながら「ん、ん」と声を出して必死にしがみついていると、平北の背中が強張った。

「……っ」

「ん……っ!?」

息を詰めた平北が、久能の中に熱を注ぎ込む。ただでさえ一杯だと思っていた場所に広がった圧迫感に、束《つか》の間意識が飛んだ。

小刻みに震える体を、突き上げられて、久能はいつの間にか閉じていた瞼を開く。涙で滲んだ平北が、熱っぽい目で見下ろしていた。

断続的にびくびくと跳ねる腰を抱えて、平北が自分の下唇を舐める。ちらりと覗いた舌がやけに官能的に見えて、久能は息を飲んだ。

「すいません、俺、また」

「え？　……、やっ」

まだ余韻を引きずっていた体を、平北が手荒く揺らす。先程は奥まで嵌めて揺するだけだったのに、こなれて柔らかくなった場所をかき回すように動かされた。

「あぁ、っ……あっ、やめっ……」

長い平北のものがぎりぎりまで抜かれ、一気に奥まで押し込まれる。またすぐに引き抜かれ、奥まで嵌められた。

中で出されたものが荒々しい動きに引きずられて、零れる感触と音がする。ひく、と喉が鳴って、強引に絶頂を促された。

「あー……っ」

強い快感の波があったのに、久能のものからは、とぷ、と少ししか精液が出なかった。そのせいで体が熱を逃がし切れず、先程までよりもどうしようもないくらいもどかしさが募って涙が溢れる。

「や、あ」

「すみません、ごめんなさいっ」

いや、と本気で泣いていやがっている久能の体を押さえて、平北は腰を打ち付けてくる。

充溢《じゅういつ》した中を擦られると、出るときも入るときも、連動するように背筋が震えた。

「っ……——!」

ひときわ強く突き上げられたのと同時に、再び熱いものが体の奥に叩き付けられた。内腿《うちもも》が震えて、久能は平北の背中に爪を立てる。ぎ、と布がひきつれる音がしたと意識した瞬間に、特に力を抜いたつもりはなかったのに手が畳の上に落ちた。

力なく落ちた掌を握られて、唇を重ねられる。

「あ、ふ」

互いに切れた息を整えることもせずにもどかしく交わすキスに、まだ興奮が燻っていることを自覚させられた。

「あ……っ」

まだ冷めない体から、平北のものがずるりと抜かれる。完全に抜かないまま、平北は久能の体を横臥《おうが》させ、それからうつ伏せにさせた。

中を捩《ねじ》るように擦られて、久能は小さく声を漏らす。

「久能さん、手、ついて」

「ん……」

言われるまま、久能は身を起こして四つん這いになる。はあはあと息を継いでいると、腰を支えた平北が中を蹂躙《じゅうりん》してきた。

達したことで大人しくなったはずの平北のものが、再び腰を深く入れられたときには既に硬くなっていて戸惑う。

「平北さん、待って……っ」

「久能さん……っ」

ぎりぎりまで引き抜いたものを、勢いよく中に押し込まれる。先程放たれたものが

中でぬるついて、快楽に膝が慄《おのの》いた。

音を立てて腰を打ち付けられるたびに、久能は嬌声を漏らしてしまう。荒々しいくらいに扱われて、それでも感じてしまっている自分を恥ずかしいと思う余裕すらない。

繋がっているだけで感度が上がっていくような気さえしているのに、好きです、と興奮に掠《かす》れた声で何度も言われる度に久能は乱れた。

「あ……っ? や、っ」

すぐに追いつめられて、久能は泣きながら唇を噛む。ぞくぞくと爪の先から這い上がってくるものから逃げようとした久能の腰を、平北が掴んで阻んだ。

腰をぴったりとくっ付けたまま揺すられる。ゆるゆると追い立てられて、久能は仰け反りながら声を上げた。

「っ、あ……っ、あぁ……」

これ以上ないくらい感じているのに、久能のものは熱を吐きださない。

「あ……」

目の前がちかちかして、自分の意思とは関係なく腰が断続的に跳ねる。久能は、踏ん張ることができずに肘を折った。

「久能さん、まだ」

「や、できな……あぁっ」

腰だけを高く上げた状態で平北のものを受け入れながら、久能は再び始まった甘い責め苦に声を上げた。

「無理、もう無理……っ」

無理だという久能の訴えを、平北は黙殺する。久能以上に、平北のほうが余裕がないのかもしれない。感じすぎてわななく久能の中を、乱暴なくらい強く責め立ててくる。

いやだ、おかしくなる、と久能は泣きながら譫言《うわごと》のように繰り返した。

鼓膜を擽《くすぐ》る息切れが、自分のものなのか平北のものなのかさえわからない。

「久能さん……っ、ごめんなさいっ」

ごめんなさい、と何度も謝る平北の声が快楽に滲んでいて、そんなことにすら感じてしまう。

激しく揺さぶられ、ひときわ強く腰を打ち付けられた瞬間、再び中に射精される感触がした。

「……ん……っ」

深いところをいっぱいにされるような心地に、一瞬目の前が真っ白になった。畳の上に、自分の放ったものが落ちた音がする。

平北は大きく息を吐いた後、久能の中から自分のものをゆっくりと引き抜いた。

引き抜かれても体勢を変えられなくて、腰を高く上げたままの状態で久能は胸を喘がせる。恥ずかしい恰好だが、もう指一本動かせる気がしない。

「あっ！」

先程まで彼を受け入れていた部分に指を入れられ、声を上げる。

中から平北の放ったものが零れる感触がして、久能は嬌声のような浅い呼吸を繰り返した。太腿を伝った精液にまた感じてしまい、久能は堪え切れずぺしゃりと潰れる。

重なった男の汗が落ちる感触と、「好き」とつぶやく掠れ声を感じながら、久能はぬるま湯のように変わった快感の波に意識を沈めた。


背中が痛くて目が覚めた。

抱き合っていたときは確かに畳の上だったはずなのに、覚醒した久能は今、ちゃんと蒲団の中にいる。

体も清められていて、汗や体液などの痕跡はない。昨日結局脱がないままだったシャツも、平北のものと思われるTシャツに着替えさせられていた。

「……ひらきたさん？」

部屋の中を見渡しても、平北の姿はない。意識して耳を澄ませると、洗濯機の回る音が聞こえた。

ゆっくりと身を起こして、背中に覚えた痛みに顔を顰める。

「いった……」

肌が、ひりひりとして痛い。

腰骨の上から背中の真ん中あたりの皮膚が、擦れてしまっているようだった。

——なんか、すごかったな。

あんな風に、限界だと思うまで抱き潰されたのは初めてだった。そこには、窒息しそうなほどの愛情も感じた。きっと初回だから、勢いがついたに違いない。

——……そうでないと身が持たない。

皮膚だけではなくじんわりと痛む腰をさすりながら、久能は赤面する。

「あ、おはようございます！」

襖を開けて、平北が朝の挨拶をしながら入ってきた。

「……おはよう、ございます」

昨日、あんなに盛っていたとは思えないほど爽やかな顔をしている。久能は声まで枯れているというのに、平北は平素と同じくぴんぴんしていた。

「コーヒー淹れてきました！　飲みます？」

「……いただきます」

いつものコーヒーカップではなく、私物のようなマグカップだ。

それがなんだか嬉しかったが、口には出さない。

渡されたのはミルクのたっぷり入ったカフェオレで、顔が火照った。

「……あつ」

砂糖の入っていない熱いコーヒーは、口に含むと目が覚める気がする。おいしいな、と思って飲んでいると、平北がうずうずとした様子で久能を見ていた。

「これがほんとの」

「モーニングコーヒー、とかお寒いことを言ったら怒りますよ」

先手を打って切り捨てると、平北は笑顔のまま固まった。

やはり言おうとしていたらしい。むしろこういう古臭いダジャレを臆面もなく言えるのが若さの証拠なのだろうかと、やけに年寄りじみたことを考えてコーヒーを啜る。

「で、これはなんていうコーヒーですか？」

大喜利に付き合って、そんな問いを投げてみる。

平北はうんうんと唸りながら悩み、「恋人といつまでも幸せでいられるコーヒー！」

と元気よく答えた。

カフェオレ・トワイライト

久能《くのう》の恋人である平北《ひらきた》が住み込みで働いている純喫茶「東風《こち》」の営業時間は、大体十九時頃から翌朝七時頃までとなっている。平北は店じまいをした後、シャワーを浴びて就寝し、昼頃に起きて日雇いのアルバイトに出かけるのだ。

つまり、会社員である久能とはまったく生活時間帯が合わない。

久能は最近転職し、以前より残業が多くなったため、平北と会えない日も増えた。それでもなるべく東風へと通うようにしている。

恋人と少しでも話ができるのが嬉《うれ》しいし、店の雰囲気も、常連客との間に流れる空気もとても心地いい。

「――いらっしゃいませ」

残業を終えて向かった東風の扉を押すと、からん、という軽いドアベルの音と共に平北の低い柔らかな声に迎え入れられる。

コーヒーの香りを含んだあたたかな空気に知れず頬を緩ませ、久能は傘をたたみ、マフラーを解《ほど》いた。

「こんばんは」

「こんばんは、寒いですね。雨降ってきました?」

予報は、夜半から雨だった。来る途中にすれ違った人たちの中には傘を差していない人もそれなりに多かった気がする。

「会社を出た頃には傘を差さなくてもいいくらいだったんですけど、来る途中で本降りになってきましたね」

久能がそう言うと、傘を持ってきていなかったらしい客が数名、慌てて腰を上げた。よかったら傘を、との平北の申し出に、駅まで近いからと走って行ってしまう。結局、残ったのは女性客の水野《みずの》だけだった。

「水野さんは傘持ってるんですか？」

「持ってないけど、東風の貸してくれんでしょ？」

「ええ。どうぞ」

平北の返答に、あたしは終電ぎりぎりまでいるわ、と水野は笑う。

今は雨だけれど、この寒さだからもしかしたら雪になるかもしれない。そう思いながら、空いていたいつもの席に腰を下ろし、久能はメニューを開いた。

「えっと……マンデリンください」

「あれ、久能さん。大喜利《おおぎり》コーヒーもとい、『店長のおすすめ』にしないの？」

頷《うなず》く平北と重なるように、水野が突っ込みを入れてくる。少々揶揄《やゆ》を含んだその言葉に、久能は己の頬が熱っぽくなるのを自覚した。

「……いいんです、別に今日は」

少し拗《す》ねたような物言いをしてしまい、ばつの悪さに眉を寄せた。水野が「拗ねた」と目ざとく指摘してくる。

久能は言い訳を飲み込み、水野ではなくカウンターの中の恋人をちょっと睨《にら》み付けるにとどめた。

平北はオーダーされたコーヒーを淹《い》れながら、困ったように笑む。水野は相変わらずにやにやしながら、頬杖《ほおづえ》をついた。

「今日もあたししかいないんだから、気にしなくていいのよー？」

「あんまり揶揄《からか》わないでください」

久能が前の恋人との失恋を引きずっていたことは、東風に訪れたときに居合わせた常連は皆知っていた。

いい年をした男が恥も外聞もなくぼろぼろと泣き出したのだから、なかなか印象に残っただろう。

その後、久能は東風の店先で平北も交えて修羅場まで見せてしまったため、なにやらトラブルの多い男だと認識されてしまったことは想像に難くない。

それを思い出すだけでも恥ずかしいのだが、彼らは皆一様に大人で、それを殊更に指摘したりはしなかったし、今まで通り接してくれたのだ。

そんな折、彼らの——特に水野の気遣いを反故《ほご》にしたのは、平北だった。

平北は精悍《せいかん》な顔に似合わず、割と恋にまっしぐらなタイプのようで、惜しみなく「好き」という言葉を久能に与えてくれる。

それはそれで嬉しい。それは否定しない。

けれど、まだ恋人になって一か月もたたない頃に久能がオーダーした「店長のおすすめ」を出す際に、やらかしてくれた。

——今日のは、「久能さんが俺のことをもっと好きになるコーヒー」です！

ちょっと照れたように満面の笑みを見せた彼を不覚にも可愛《かわい》いと思ってしまい、赤面してしまった。けれど、その一瞬後、頭から血の気が引いたのは言うまでもなく。

不幸中の幸いは、平北がぶちかましたときに店内にいたのが水野一人だけだったということだろうか。

けれど、彼女がきちんと平北の科白《せりふ》の意図を察して固まったのを、久能は見た。

——平北さんの馬鹿……っ！

そう訴えるのが精いっぱいで、久能は震えつつ俯《うつむ》いた。

水野は僅かの間に我に返ったらしく、すぐに「もうちょっとデリカシーや情緒を持ったほうがいいんじゃないの？」と援護してくれたので、それには久能のほうが驚いてしまった。

聞けば、久能と平北がわりない仲となったことを、水野は薄々察していたらしい。そんな話を聞いて、ますます唖然としてしまう。

その様子を見て慌てたのは平北で、彼は水野が二人の関係に気づいていることを、久能も知っていると思っていたらしい。

ごめんなさい、と萎《しお》れながら、平北は「でも」と言い募った。

——俺、久能さんのことが好きだし、付き合えて嬉しくて……みんなに自慢したいくらいなんですもん。ほんとは。

久能としては正直なところ、恋人との関係を大っぴらにするというのは少し抵抗がある。

けれど、久能の反応を見てしょんぼりとした顔をする平北に、それ以上強くは言えない。年下の恋人にまっすぐな目で「駄目でした？」と言われて、久能が反駁《はんばく》などできるはずがなかった。

誰彼構わず言う気はないが、付き合っていると知っている人の前でくらいは恋人としての態度を出したいらしい。

久能は本当に焦って混乱していたが、このやりとりを指して後に「なにいちゃついてんのよバカップル」と水野に鼻で笑い飛ばされてしまった。

以来、ちょっと久能は怒っている。というふりをしている。

平北も久能が本気で怒っているわけではないということをわかっているし、水野が揶揄いまじりに構い倒してくれる現状が、久能は嫌いではない。

——こんなこと思うのは変かもしれないけど……ちょっと、嬉しかったりもするんだよね……。

祝福されることはおろか、自分のような人間は恋の話を容易にすることもできないのが当たり前だと、久能は思っていたのだ。

水野は煙草《たばこ》を一本取り出し、火をつける。紫煙を換気扇の方向に向かって吐きながら、水野は「ねえ」と久能に向かった。

「最近いっつも遅いけど、久能さん仕事忙しいの？」

「忙しいですけど、前より出社時間が遅いっていうのもあります。あと最近やっといろんなことに慣れてきたっていうか」

「あー、わかる。新しい職場って慣れるまでが疲れるのよね」

派手な容姿の水野が一体なんの仕事をしているのか訊《き》いたことはなかったが、わかるわぁ、と彼女は頷く。

「ていうか、ただでさえ平北さんと久能さんて休み合わないだろうに、それじゃますます時間ないでしょ？　東風って不定休っていうか店員がいる間は年中無休みたいなもんだし。どうしてんの？」

指摘されて、今更ばつの悪い思いをしながら、久能は首を捻《ひね》った。

ちらりと平北をうかがうが、彼は基本的に客同士が話しているときに積極的に介入するタイプではない。一応聞いてはいるのだろうが、口を挟む気配はなかった。

「……いや、まったく会う時間がないわけじゃないんですよ」

「そうなの？」

土曜日や日曜日など久能が休みの日は、彼も日中にアルバイトは入れないようにしてくれていて、昼から夜までは会おうと思えば会えるのだ。

そう説明すると水野はほっと息を吐《つ》いた。

「なーんだ。いつ、今日はこのまま泊まっていきまーすとか言い出すのかって、結構ひやひやしてたんだけど。あたし」

面白がるように言った水野に、久能は苦笑しつつ否定する。

「言いませんよ。それに、泊まったところで、平北さんは仕事終わったら寝ちゃいますし」

恋人の寝顔を見るのは、それはそれで楽しいかもしれないが、さすがに時間を持て余す。

二階の住居部分には娯楽の類いが一切ないので、もし時間をつぶすなら仕事を持ち込むという色気のないことをする羽目になるかもしれない。

「でもさぁ、真っ昼間だけしかできないっていうのも不健全じゃない？　昼はせっかくだから外デートしたいじゃない」

「ん？　昼間に会うのってそんなに不健全ですか？　部屋にいることも多いですけど、ちゃんと外行くときもありますよ」

水野に言うわけにはいかないが、不健全どころか、夏に付き合い出してから今まで、平北と寝たのは一度きりだ。

同意を求めるように平北を見やると、彼は何故《なぜ》か盛大にばつの悪そうな顔をしていた。

そして隣の水野に視線を投げると、彼女はマスカラに縁どられた目を大きく見開いている。それからふっと笑って、久能の頬を抓《つね》り上げた。

「痛っ」

「ちょっとー。アラサー男のぶりっことかマジで勘弁なんですけど」

「ぶりっこってなにがですかっ、って、痛い、本当に痛い！」

結構本気で爪を立てられて、久能は慌てて身を引く。

水野は「ふん」と鼻を鳴らしながら煙草を咥《くわ》えた。

「東風って無休なのよね？　……やだ、じゃあ本当に久能さんってお泊まりしたことないの？」

「はあ、まあ」

本当は初めて平北と寝た日にも泊まったが、それ以降はまだ機会に恵まれていない。

水野は久能の曖昧な返答を受け、思案するように腕を組む。まだ長さのある煙草を灰皿に押し付けて、彼女は立ち上がった。

「じゃあ、あたし帰るわ。お勘定お願い」

「え……じゃあ僕も」

終電までにはもう少し時間があったが、水野相手だと少々決まりが悪くて、久能も腰を上げる。

水野はたっぷりとファーのついたコートを羽織りながら、眉根を寄せた。

「ちょっと、なんで久能さんまで帰るのよ」

「いえ、夜も遅いですし」

「馬鹿ね、今日金曜日なのよ？　おあつらえむきに客足が悪くなる雨の日なのよ？」

察しが悪い、とばかりに水野が呆《あき》れ声を出す。意図がわからず首を傾げ、平北を振り返ると、彼はカウンターの中で何故か赤面していた。

「せっかくあたしが遠慮してやってるのに、なーにをカマトトぶってんのよ」

「いっ……」

水野は据わった目つきで、真っ赤なマニキュアの塗られた魔女のような爪で久能の額を突いた。

「たまには早く店じまいしたって罰は当たらないわよ。休みを自由に作れるのは自営業の特権でしょ。せっかくなんだから、夜を堪能しなさいよ」

言いながら、水野は平北の手にコーヒー代を手渡した。ごゆっくり、と笑って店の傘を借り、辞していく。

反論できないまま口を開閉させて、久能はその場に立ち尽くした。

――……気まずいんですけど。

もういなくなった水野に心中でそんな文句を言って、久能は腰を下ろす。

せっかく二人きりになったのに、なんだか必要以上に意識してしまう。既にやることをやっているし、お互い大人だというのに、もじもじとしてしまう自分が情けなくも恥ずかしい。

「久能さん」

「はい！」

つい大声で返してしまうと、平北は困ったような笑みを浮かべた。

「……そんなに警戒しなくても」

「け、警戒なんてしてませんよ」

そう言って、久能はカップに口をつけた。

平北はグラスを磨いていた手を止めて、カウンターの中から出てくる。

「平北さん？」

一体どうしたのかと怪訝《けげん》に思っていると、彼は店の外に出てしまった。

そして、すぐに戻ってきて鍵を閉める。

え、あれ、と戸惑っている久能に、平北はいたずらっぽく笑ってみせた。

「……せっかく水野さんが気を遣ってくれたので、今日はもう店じまいにします」

「え」

その所作にどきりとして、久能は無意味に背筋を伸ばしてしまう。

「あの」

「それとも、明日仕事あったりしますか？」

「ない、けど」

よかった、と言って、平北は離れ、店の電気を消した。

「でも、あの、いいんですか。お仕事」

「一日くらい、大丈夫ですよ」

久能の肩にそっと手を置き、平北が頬に唇を寄せてくる。

平北はかすめるようなキスをして、自分のタイをゆっくりと、見せつけるように解いた。


二階に上がっている途中で、平北が「見せたいものがあるんです」と言った。

すぐに同衾《どうきん》、という風にならなかったことに、安堵《あんど》したのか残念なのかわからない気持ちになりつつも、「見せたいものって？」と返す。

何度か遊びに来て、一度は寝たこともある平北の部屋に通される。日が暮れてから今までずっと無人だった部屋は寒い。

平北は部屋の明かりをつけて、隅に置かれていた石油ストーブに近づいてしゃがみ込んだ。

「寒いですよね。すぐストーブつけますから」

黒くて古いタイプの石油ストーブに火をつけると、微《かす》かに灯油のにおいがする。久しぶりにそんな形のものを見た。東風は色々なものが古いのだなと妙なところに感心しつつ、久能はコートをハンガーに吊るす。

「——で、見せたいものって?」

「ベルムドたちから手紙が届いたんです」

ベルムド、というのは、夏に東風の面々で祭りに連れて行った外国人一家のうちの一人だ。

そのときヨシさんが撮った写真はベルムドたちにも送られ、久能も一枚受け取った。平北と一緒に写真を撮ったのはそれが初めてだったので、誰にも言っていないが、久能はこっそりと手帳に入れている。

「俺の英語力だといまいち伝えきれる自信がないので、直接読んでもらったほうが早いかなって」

「そっか」

平北がローテーブルの上にあった手紙を手渡してくれる。

適当に座ると、平北も隣に腰を下ろした。膝が触れる距離に少々どぎまぎしてしまう。


白い封筒と便箋には、少々崩れた文字で夏の日の礼がしたためられていた。

久能やヨシさんたちにも礼を言っておいてくれ、と書かれている。

みんな親切で感激した、とオーバーなくらいに書かれた文面を面映《おもは》ゆく思いながら、存外律儀な彼の顔を思い返して久能は口元を綻ばせた。

「元気そうだね」

「ええ。コーヒー豆もたくさん送ってくれて」

「あ、今日のおすすめ、もしかしてそれだった？」

首肯する平北に、久能は少々残念な気持ちになった。

「だったら言ってくれればよかったのに。そうしたら、水野さんに揶揄われてもそれ頼みたかったな」

「すみません。明日、飲みましょう」

一緒に、と付け加えられた言葉に、うっかり照れてしまう。

そこに微量の色っぽさを感じてしまったが、それは勘違いではないのだろう、きっと。

平北が微笑《ほほえ》み、顔を近づけてきた。けれど、久能は掌《てのひら》を翳《かざ》してそれを阻止する。

「久能さん？」

「……もしかして、外国行っちゃう？」

久能の科白《せりふ》に、平北の顔色が変わる。

平北は顔には出さなかったけれど、なんとなく、ベルムドからの手紙を渡されたときにそんな感じはしていたのだ。

手紙には、そういう類いのことは書かれていなかった。

けれど、仕事を切り上げてまで久能を泊めようとしたり、いつもに比べて少しテンションが低いように見えたりと、今にして思えばちょっと違った雰囲気を醸し出していた気がする。やはり、気のせいではなかったようだ。

「俺、結構わかりやすいですか？」

「うーん、どうだろう？　……いつから行くの？」

「まだ、明確には決めてないんですけど、近いうちには」

そっか、と返した言葉は、自分が思っているよりも穏やかに響いた。

けれど平北はかえってそれに焦ったようで、その場に正座する。

「あの、でも、すぐに帰ってきますから。用事を済ませたらすぐに！」

「うん、待ってる」

するりと出た言葉は本心で、それが平北にも伝わったのか、彼は安堵の表情を浮かべた。

バックパッカーは、旅先に魅せられて帰ってこなかったり、帰ってきてもすぐにまた外へ行ってしまったりと、ひとところに留まれない者が多いという。平北はもう半年以上日本にいるが、行ってしまったら、長く会えなくなるかもしれない。

それでも、平北を待っていられるはずだ。

「別に釘《くぎ》刺すわけじゃないけど……信じてるから」

平北が自分のところへ戻ってきてくれることを、信じている。

平北に言うことはできないが、不幸な恋愛をしていたせいで、辛《つら》いことには多少の耐性がついている気がするのだ。

それに、平北は今までの恋人とは違う。久能自身も、少し変われたような気がしていた。

だからきっと、大丈夫。

自信を持って言った久能に、平北のほうが肩を落とす。

「むしろ、自分自身が心配です。俺」

「えっ？」

少々聞き捨てならないことを言った平北は、久能の視線を受けて慌てて首を振った。

「いえ！　そういうことじゃなくて！」

「……どういうこと？」

「あの、俺のほうが会いたくなりそうで」

自分から遠くへ行くくせに、甘えたことを言う平北が可愛くて、つい笑ってしまう。

それでも平北は真剣な顔で、久能と向き合った。

「あの、こういうのは俺が言っていいことかどうかわからないんですけど……待っててくれますか？」

歯切れの悪い言葉に目を丸くし、久能ははっきりと首肯した。

「もちろん。だから平北さんは、そういうことは気にしないで、自分のやりたいことを悔いのないようにすることを優先していいんだよ」

多分、平北が思っているよりも待つのは平気だ。年上の自分のほうが時間は速く流れるし、なにより、平北の重荷になるつもりもない。

それに、平北は離れていても不誠実な真似《まね》をしないだろう。

「行っておいで。待ってるから」

きっと、今までの久能だったらこんなことは言えなかった。

強がりではなく、気持ちを伝えた久能に、平北は「はい」と返して抱き付いてくる。

「ん」

唇を重ねた平北に、そっと手を握られる。その掌のあたたかさに、また胸が高鳴った。

「ぁ……」

最初は触れるだけだったキスが、徐々に深く、官能的になっていく。

絡めた舌の感触に、背筋が震えた。

もう幾度か遊びに来ていて、数度キスもしているが、こんな風に愛撫《あいぶ》するようにされたことはない。

握られていた手が離れて、脇腹に触れてくる。カーディガンの上から感じる指の感触に、もどかしくなって身をよじった。

「久能さん」

唇の間隙で名を呼び、平北が目を細めた。

「シャワー、久能さんが先に浴びてきます？」

「あ、えっと……」

無意識にこのまま押し倒されることを期待していた自分を知って、口を噤《つぐ》んで恥じ入る。

初めてのときよりは、彼も多少余裕があるのだろうか。むしろここまでお預けを食ってしまった久能のほうが余裕をなくしていたらしい。

どうも、年上として気を張ってしまう割には、平北の前だと大人を演じきれない。

平北は久能の返事を待たずに立ち上がって、押し入れからタオルと衣類を取り出す。

「着替え、とりあえず俺のでいいですか？　洗濯はしてあるので」

渡されたのは、Tシャツ一枚だけだった。下着まではさすがにない。ということは間違いなく。

想像して、つい頬を赤らめてしまった。

「あ、それともちゃんとお風呂沸かしましょうか？　会社帰りだし疲れてますよね」

「いや、平気です。家でも殆《ほとん》どシャワーだし」

赤面をごまかすように慌てて立ち上がる。襖《ふすま》を開けると、ねえ、と平北に呼び止められた。

「それとも一緒に入ります？」

「行ってきます！」

冗談混じりに言われた言葉に、久能は着替えを手にその場から逃げ出すようにして風呂場へと向かう。

背後から、平北がくすくすと笑う声が聞こえてきた。

やっぱり彼のほうが余裕があるというか、己の余裕のなさに恥ずかしくなってくる。

大衆浴場などの類いであれば、恋人と一緒でも平気で脱げそうだが、バスタブに恋人と一緒に入るというのは、久能にはできそうにない。

裸を見られるのは初めてではないとはいえ、事に及ぶのとはまた別種の羞恥を覚えて、それが久能には耐えられそうにないのだ。


シャワーを浴びている間に、近くのコンビニにでも行ってくれたのか、脱衣所の着替えの上に、未開封の下着が載っていた。

下に穿《は》くものはデニムしかない。風呂上がりには着用したくなかったので、久能はTシャツと下着だけで平北の部屋へと戻った。

久能がシャワーを浴びている間ストーブをつけていてくれた部屋は、あたたかいので薄着でも問題ないだろう。

「あの、シャワー借りました」

「はい。じゃあ俺も行ってきます」

そう言うなり、彼は入れ違いに部屋を出ていく。

——う……。

部屋には既に蒲団《ふとん》が敷いてあって、どきりとした。

ちゃんと二組あるのだが、それがぴったりと密着しているのがなんだか生々しいような気がして途端に羞恥が押し寄せてくる。

一旦ずりずりとずらしてみたものの、そっちのほうが意識しているのが丸わかりだし、これからすることを思えばまったくの無意味なのでやっぱり元の位置に戻した。

「……なにをやってるんだか……馬鹿か」

なるべく意識しないようにしながら、平北が用意してくれていたらしいミネラルウォーターの入ったグラスを手に取る。

平北を待つ時間、手持ち無沙汰になりながらローテーブルの前で久能は膝を抱えた。

――……よくよく考えたら、「恋人の部屋」に泊まったことって殆どないんだよな。

初めての恋人とは、久能の部屋かホテルでするしかなかった。

思えば、この部屋に泊まるのはこれで三度目で、平北とはまだ一度しかしていないのだ。それも、初めて寝たときは両想いになってすぐのことだったので、お互いにまったく余裕がなかった。

きっちり用意された蒲団を視界に入れ、今更になって緊張してくる。

どきどきと大きな音を立てる胸を押さえて、久能は視線を逸《そ》らした。すりガラスの向こうの街の明かりをぼんやりと見つめる。

――別に、初めてでもないのに……なんだこれ。

もしかしたら、初めてのときよりも緊張しているかもしれない。一体どういう顔をして、どういう風にふるまえばよいのかわからなくなってくる。

先程水野に「カマトト」などと言われたが、まさにその通りだ。そんな自分を恥じて、久能は抱えた膝に顔を埋《うず》める。

――……せめて、めんどくさくないようにには、しておこうかな。

初回は平北のものを受け入れるまで相当時間を要して、ひどく恥ずかしい思いをした。平北はやけに楽しそうにしていたような気もするが、それでももどかしさはあっただろう。

平北が風呂から上がる前に、と久能は顔を上げて指を舐《ねぶ》った。

今日は本当に泊まる予定ではなかったので、なにも持ってきていない。ジェルくらい用意しておけばよかったと後悔しつつ、濡《ぬ》らした指をそろそろと下肢に伸ばす。

「ん……」

平北としたきりのその場所は、以前より固く閉ざされているような気がする。

──せめてハンドクリームかなにか持っていれば、もうちょっとスムーズにいくのにな。

洗面所に行って借りてこようかとも思ったが、平北と鉢合わせたときに言い訳するのも恥ずかしい。

それでも、それなりに慣れた体は己の指を次第に受け入れ、柔らかくなっていった。唾液程度では滑りがよくならないが、少し引っかかる感触を覚えつつもその場所を解《ほぐ》していく。

「っん」

指を抜き差ししながら、これが平北のものだったら、と想像して体が熱くなる。はしたないとは思いつつも、一度だけ受け入れたことのある平北のものはもっと大きかったはずだと指を増やした。

広げるように動かしながら、徐々に熱を持った体が兆し始めてきて、久能は唇を噛《か》む。

——……これ以上は、まずいかも。

平北に面倒をかけたくはないが、あまりに臨戦態勢なのも恥ずかしい。それに、せっかく買ってきてもらった下着を汚してしまいそうだ。

これ以上は自重しようと指を引き抜き、不意に視線を上げる。

「……っ」

いつの間に立っていたのか、風呂上がりの平北が入り口で茫然《ぼうぜん》と久能を見下ろしていた。

腰にタオルを巻いた平北のまだ濡れた髪から、ぽたりとしずくが落ちる。

「あ、あの」

久能は慌ててTシャツの裾を下ろし、股間を隠した。

平北はしばらく無表情で立ち尽くしていたが、はっと口を押さえて後ろ手に襖を閉める。その場にゆっくりしゃがみ込み、平北が俯いた。

「あの、平北、さん？」

呆れてしまったか。それともあまりにやる気満々の久能の様子に萎えたのだろうか。

ちょっと半泣きになって四つん這《ば》いで近づくと、平北は勢いよく顔を上げた。

「平北さん？」

「……あー、無理」

ぽつりと吐き出された科白に、久能は息を飲む。

引かれてしまった。そんな風に思っていよいよ半泣きになるより先に、久能は平北に抱き付かれる。

そして、ぽいっと蒲団の上に放り投げられてしまった。体勢を立てなおす暇もなく、
平北が伸《の》し掛かってくる。

「あの、平北さ……」

「ごめんなさい、ちょっと腰浮かして」

そう言って、平北は久能の下着を強引に剥ぎ取って、適当に放り投げる。

「な、……」

なにを、と問おうとした唇を、平北はかぶりつくようにして塞いできた。

何故か掌で目を覆われて、口の中を蹂躙《じゅうりん》される。

視界が閉ざされている分、舌の感触を敏感に感じてしまい、久能は必死に応えながらも体が震えるのを止められない。

「っふ……ぁ」

舌が痺《しび》れるほど舐《な》められた後、ようやく目を塞いでいた手が離れていく。

涙の滲《にじ》んだ目で見上げると、見下ろす平北の表情がくしゃりと歪《ゆが》んだ。そこに皮膚がちりちりと焼けるような情欲を感じて、先程の発言の意図を知った気がする。

引かれていたわけじゃないとほっとして、今度は自分から唇を寄せる。

「ん」

好き、という気持ちを込めて、ついばむようなキスを何度も繰り返す。

微妙に太腿《ふともも》に当たっている彼のものが、既に固くなっているのがわかっていた。擦るように押し付けられて、腰骨のあたりからぞくんと震えが上がってくる。

「んっ……」

体をまさぐる大きな手が下方へと伸び、尻を撫《な》でる。その輪郭を確かめるように動かしながら、平北の指が、先程解した場所に入れられた。

「一人でするなんて、我慢できなくなっちゃいました？」

揶揄う声音で言われて、肌が粟立《あわだ》つ。

「ち、違、そういうわけじゃ」

ぐっと入れられた指を飲み込むと、縋《すが》った久能の背中が強張《こわば》った。

「さっき、弄《いじ》ってたからかな……すごい」

「あっ」

上ずる声は熱っぽく、訊《たず》ねているというよりは独り言のように平北が言う。

「俺の指、簡単に飲み込んでる。ほら」

「ん、ん」

少し強引に増やされた指に、なんだか淫らな自分を暴かれているようで強い羞恥を覚えて腰が逃げる。

けれどそれを許さず、平北は久能の体を押さえ付けてぐいぐいとその場所を広げた。

増やされた、彼の乾いた指の感触は、多少の痛みもあったが気持ちのよさがわずかに上回る。

「ひゃ……っ」

無意識に快感を逃そうと噛んでいた唇を、平北に舐められる。いたずらっぽく笑って、平北は今度は久能の胸の突起に舌を這わせた。

「く、ぅ」

上も下も責められて、いつの間にか完全に首を擡《もた》げていた場所から、快感の兆しが零《こぼ》れた。

早く、と急《せ》かしそうになった久能から、不意に平北が指を抜く。

「あの、すいません」

一体なんの謝罪なのかわからず、久能は目を瞬《しばた》く。

突然放り出された状態に困惑していると、平北は押し入れからジェルのボトルを取り出した。

「ちゃんと用意してたんです。こ、興奮して忘れちゃって」

痛かったですよね、と焦りながら、平北は掌にジェルを延ばした。そうして、先程まで弄っていた場所にぬるぬるとしたそれを塗り付けてくる。

ぬぷ、と音を立てて再び入れられた指は、先程までと違い、難なく久能の中に入ってくる。

痛みがなくなり、純粋な快感ばかりになったその感触に、反射的に膝を閉じた。

「久能さん？　駄目ですよ。ちゃんと脚開いて」

「や……」

ほら、と微笑みながら平北は久能の膝を掴《つか》んで大きく開かせる。ちょっと意地が悪くないだろうかと思いつつも、久能は腿に手を添えた。

「初めてのとき、俺もういっぱいいっぱいになっちゃって余裕なかったから、今度はちゃんと丁寧にしようって思ってて」

「……っ」

ぬるついた中を擦られると、徐々にそこが熱くなってくる。ジェルがあたたまったせいなのか、それとも別の作用があるからなのか、久能にはわからない。

「あ……」

久能の中に指を入れながら、平北が首筋に顔を埋めてくる。首や耳の下あたりに熱い息を感じて、くすぐったさに身を竦《すく》ませた。

丁寧に、と平北が言った通り、丹念に慣らされた場所はもう平北を欲しがっているのが自分でもわかった。けれど、平北はまだ指を抜いてくれない。

「痛かったり、気持ち悪かったりしたら、言ってください。……俺、久能さんに優しくしたいんです」

「……いい、からっ」

もうそれ以上恥ずかしいことを言わないでほしいし、十分に解れた場所を弄らないでほしい。これ以上されたら——。

そう訴えるより先に、緩やかに頂へと押し上げられる。

「んっ……！」

反射的に閉じた脚に、吐き出したものが当たる。

「は……」

不意に吐き出してしまった快感は、すっきりするというよりも甘く重い残滓《ざんし》で体を火照らせる。

もっとちゃんとしてほしい、平北のもので一杯に満たしてほしい。そう訴え出す体を、久能は持て余す。

敏感になるばかりの体を震わせ、いつの間にか閉じていた目をそっと開けた。

自分ばかりが興奮していたら、とちょっと不安になっていたが、それは杞憂《きゆう》だったらしい。

「……あ」

見下ろす平北の目は怖いくらいに熱っぽく、久能の体も昂《たか》ぶる。

たまらなくなって、久能は平北に腕を伸ばした。広い背中に縋ると、平北がごくんと喉を鳴らしたのがわかる。

「も、久能さん……やばい、エロい。可愛い」

興奮気味につぶやく平北に戸惑いつつも、少し嬉しい。久能は自分に色気があると思ったことはないし、年下の平北が年上の自分に情欲を覚えてくれるのかどうか、いつも気になっていた。

「……ちょっと待ってください」

平北は堪《こら》えるような顔をして、吐息を漏らす。ここまできてまだ焦らす男の背中を、ほんの少し引っ掻《か》いてやった。平北の背筋が、強張る。

「煽《あお》んないでください。俺、今結構いっぱいいっぱいで……乱暴にしそうで」

「平気。だから」

早く、と消え入りそうな声で急かすと、平北が久能の脚を大きく開かせる。指で捲《まく》られた場所に、熱いものが押し当てられる感触がした。

「んっ……」

ぬるついた久能の中に、平北のものが埋められていく。

「ん、ぅ」

ようやく二度目の同衾に感極まりつつ、やっぱり少し大きいそれに腰が逃げてしまう。

「久能さん、逃げないで」

「んー……っ」

自分ではどうしようもなくて、平北にしがみつく。いっそ、一気に入れてしまってほしいくらいだ。

充溢《じゅういつ》した中を擦り上げられる感触に、背筋が震えた。苦しいのに、確かな快感も覚えていて、相反するその感覚のせめぎ合いに振り回される。

久能の逃げる体を押さえ付けて、平北が腰を一気に押し進めてくる。隙間なく繋《つな》がった部分を肌で感じながら、久能は細い悲鳴を上げた。

「——……っ！」

もう終わりかと思うのに、さらに奥まで犯されることに戸惑う。今まで一人しか知らなかった体は、平北の大きさにまだついていけない。

息を震わせる久能の体を包み込むように抱いて、平北が中を擦り上げてきた。

「あっ……あぁ」

ぴったりと胸を合わせた状態の、息苦しいくらいの抱擁に頭がくらくらする。

激しく抜き差しするのではなく、深い部分を小刻みに突き上げるように揺すられた。

抱かれながら、首筋や耳元を甘噛みされて、自分でも驚くくらい敏感に反応してしまう。きつく吸われて、痛いはずなのにはしたなく乱れてしまう。

項《うなじ》の、髪を撫でられる感触も気持ちがいい。

「あ、駄目、……っ」

中に入っているものは先程までより固く、徐々に大きくなってきているような気さえした。

「っ、……あぁ、やっ」

まだ息が整わないうちに、平北が先程までより速く腰を動かし始めた。

二人の腹が、久能の放ったものでぬるつく。それが恥ずかしくて「やだ」と訴えてみても、平北は動くのをやめない。

「あっ、あ、また……っ」

「久能さん……っ、久能さん」

あっという間に追い上げられて、久能は平北の背中に爪を立てながら達する。

「ん、んー……っ」

「っ……久能さん」

耳元で感じる平北の荒い呼吸にすら悦楽を覚えて、久能は長引く絶頂に泣いた。

びくん、と下肢が震える。平北にひときわ強く打ち込まれた後、体の中に熱いものが叩《たた》き付けられるのがわかった。

「や、いやっ」

中で出されながら掻き回されて、嗚咽《おえつ》混じりの嬌声《きょうせい》が漏れる。許して、と懇願しても平北は口で謝るばかりで解放してくれない。けれど、久能もそれが本当にはいやではなくて、キスを受け止めながら喘ぐ。

ようやく平北が腰を止めてくれても、久能の下肢は断続的に震えていた。

「あっ……」

平北のものが引き抜かれた刺激に、甘えた声を零してしまう。ようやく解放されて、久能はシーツの上にぱたりと手を落とした。

「久能さん、起きて」

浅い呼吸を繰り返しながら蒲団の上に身を投げ出していると、腕を引かれて、胡坐《あぐら》をかいた平北の膝に抱き上げられる。

自分を支えるだけの体力は久能には残っておらず、その胸に身を預けた。

「……寝ないで」

——寝てないです。

ただ、まだ声を出す元気が戻ってきていないだけだ。

ぼんやりと空《くう》を見つめたままの久能の頬に、平北が何度もキスをしてくる。

そんな風にして時間が過ぎ、ようやく倒れそうな熱が引いた頃、久能はふっと息を吐いた。

「水、飲みます?」

「……ください」

ストーブを焚《た》いたまま、これだけ体を使えば喉も渇く。平北は手を伸ばして、水の入ったグラスを取って久能に手渡した。

平北に支えられながら水を飲む。冷たい水が喉を通る感触にほっとして、久能は改めて平北を見た。

平北はにっこりと笑って、久能の髪にキスをしてくる。それから、耳や首筋に唇が移動してくるので、久能は平北の顔を押しのけた。

「もう少し時間をあけてからにしてくれないと、俺、死にそうです」

揶揄うように、けれど内心本気で口にすると、平北は今更ぽっと頬を染めた。

「違います。そうじゃなくて……」

久能の肩のあたりに顔を埋めて、平北がすん、と嗅ぐ。

「久能さんから、俺と同じシャンプーの匂いと、石鹸《せっけん》の匂いがするのが嬉しくて」

先程からしきりにキスをしていたのは、そういう理由らしい。

そういえば、最中もそのあたりを愛撫されたような気がして、恥ずかしくなった。

たったそれだけのことなのに、久能もそれが嬉しい。恋人と同じ匂いになっている自分がいるという事実に、幸せな気持ちになった。

「……よし」

うん、と頷いて、平北は久能の手を己の首に回させる。一体なにをするのかと目を瞬かせていると、そのまま久能を抱き上げて立ち上がった。

「え!?」

「このままお風呂行っちゃいましょう」

「えええ!?」

一緒に風呂に入るのはある意味セックスするより恥ずかしい。それよりも、こんな風に運搬されるのはもっといたたまれない。

「お、重いから！　下ろそう！　ね!?」

「重いったって、久能さん六十キロもないでしょ。荷物より人のほうが、重さが分散されて軽く感じるし、全然重くないですよ」

そんな豆知識を披露しながら、平北は平然と久能を運ぶ。

反論する暇を与えられないまま、風呂場へと到着してしまう。風呂の準備は平北がシャワーを浴びたときにしていたらしく、バスタブには既に湯が張ってあった。広めのバスタブに二人で入り、背後から抱きしめられる。言いようもない羞恥を覚え、久能は膝を抱えた。

なにを言ったらよいのかわからなくて、追い焚き機能がついてるんだね、とどうでもいいことを口にしてしまう。全体的に古い造りの家ではあるが、風呂だけは家主がリフォームした、と平北が律儀に答えてくれた。

再び落ちた沈黙の後、平北が口を開く。

「……ごめんなさい」

「なにが?」

唐突な謝罪にどきりとすると、平北が腕に力を込めた。平北の胸に体を預ける形になり、そのまま彼を振り返る。

「二回目だからちょっと冷静になれると思ったんだけど、無理でした。なんかもう、ほんとすいません」

先程までの行為を思い出して、久能は唇を引き結ぶ。

初回以降、平北と二人きりになってもそういった雰囲気にはならなかった。

それは平北が淡泊なのか、それとも経験豊富だから余裕があるのだろうかと思っていた。

本人の申告によれば、そうではないらしい。

「なんか自分で思ってたより、限界近かったみたいです。俺」

平北の科白に互いに赤面してしまう。久能は首を横に振った。

「いや、あの、こっちこそごめんなさい。……俺が、あんまり時間取れなかったからですよね」

「新しく仕事始めたんだから、忙しかったんでしょう？　でも、楽しそうだったし、俺もそういう久能さんの顔見て、嬉しかったし」

実際、転職してからは仕事や職場に慣れることに精いっぱいで、会社帰りに東風に寄ってもすぐに帰ることも多かった。充実していることは確かだが、休日も疲れた顔をしていたかもしれない。

平北はきっと、それをわかっていてくれたのだ。

「ていうか、俺のほうこそどうしても生活時間帯合いにくいし……。何度営業時間を変えようかと思ったことか……」

「え、会社帰りに寄れなくなるから、それは困ります」

「えー……久能さーん……」

ひどい、と言いながらうりうりと肩口に顎を押し付けられて、くすりと笑ってしまう。

頭を撫でながら、「そろそろ時間的にも余裕できますから」と慰める。

平北は顔を上げ、改めて久能の体を抱きなおした。

「あの、ちょっと確認しておきたいことがあるんですけど」

「改まって、どうしたんですか」

ん？　と首を傾げると、平北はやけに真剣な目つきで顔を覗《のぞ》き込んでくる。

「……昼間にしてもいいですか？」

「えっ」

「だって、久能さん、日中手ぇ出そうとすると『え？　こんな時間にするの？　まだ明るいのに？』みたいな顔するんですもん！」

「そ、そう……かな？」

そんなやりとりをした覚えはないのだが、確かに昼間からするというのは戸惑う。

「えーと……」

「明るいうちにしたほうが多分声も響かないですよ」

「あのさぁ……」

どうしてそういうことを言うのだろうかと、久能は項垂《うなだ》れる。

先程まで散々声を上げていたのを思い出して、戸建てとはいえ近隣には聞こえていたかもしれないと思うと、穴があったら入りたくなってしまう。

「駄目ですか？」

お預けを食ってしょんぼりした犬のような顔で見つめてくる男に、久能はうっと詰まる。

「……そういう顔するのはずるいですよ」

「久能さんがいやなら、我慢します」

明らかにやせ我慢の滲んだ声に、息を吐いて苦笑する。

そんなに求められているのがわかって嬉しくないわけがないし、ほっとした。

「いやなわけないでしょう」

頰に唇を寄せた瞬間、尻に固いものが当たった。思わず固まると、平北が恥ずかしそうな、堪えるような、なんとも微妙な表情をしている。

のぼせたわけでもないだろうに真っ赤な顔をして、平北はごめんなさいごめんなさいごめんなさい、と小さく繰り返した。

正直なところ、もう一回戦は体がきつい。けれど、恋人のそれをほったらかしにするほど鬼畜にもなれない。

長い間我慢させていた罪悪感もあって、久能はそっと恋人のものに手を伸ばした。

平北の体が硬直する。

「く、久能さん」

「……入れるのは、なしですからね？」

手だけで、とか擦り合いくらいで、というつもりだったのに、結局風呂場でもう一度する羽目になった。

どうも久能は、平北の乞うような瞳や、「お願いします」に弱いらしい。同じ二十代なのに、どうしてこうも体力が違うのかと、隣ですやすやと眠る年下の男を見やる。

——どうしたものか……。

体力的には辛いと思うのに、求められている嬉しさがそれを上回る。

普段はとても気を配ってくれる恋人が、久能に対して箍《たが》を外してくれることに、誰に対するものでもないが優越感を覚えるのだ。

浮かれているなあ、と自戒する。

気持ちよさそうに眠っている男を起こすまいと、そーっと自分の鞄《かばん》を引き寄せ、ハードカバーの本と眼鏡ケースを取り出した。

英文で書かれたそれは、今度仕事で翻訳をする映像の原作本だ。眼鏡をかけて字を追っていると、不意に傍らの平北がもぞもぞと動き出した。

初めて見る寝起きの平北は、ぼんやりとした視線を久能に向ける。

「おはよう」

「……おはようございます。あれ？　久能さん、眼鏡……」

「え？　ああ、うん。仕事のときだけかけるようにしてるから」

普段生活する分にはあまり支障がないのだが、学生の頃から授業のときやモニタを見るときは眼鏡をかけるようにしていた。

そう言われてみると、平北の前でかけていたことはないかもしれない。

じっと顔を見つめてくる平北に、久能は眼鏡のブリッジを押し上げながら首を傾げる。

「あの……なんか、変ですか？」

今更取り繕うのも変だが、野暮《やぼ》ったく見えているかもしれないと思って不安になる。

恐る恐る訊いた久能に、平北ははっとして頭《かぶり》を振った。

「いえ、あの……お似合いです」

「……どうも」

一応褒めてくれるが、なんだか複雑そうな顔をしている。

やっぱりダサいのか、と内心落胆しつつ、久能は眼鏡を外した。平北が「あっ」と声を上げる。

「え？」

「いや……あの、外しちゃうんですか？」

「うん、まあ、なくても見えるし」

それほど近眼が進行しているわけでもないので、外してもそれほど問題はない。

「平北さんは、裸眼ですよね？」

「はい、両目とも2・0あります。もっとあるかも」

「わー、ちょっと羨ましいかも」

やはり眼鏡は不便なので、視力のいい人は羨ましい。でも、平北に眼鏡というのも似合うかもしれない、ギャルソンの恰好《かっこう》をしているときにかけていたら、いつもと違った雰囲気にどきどきしそうだ、と妄想してしまった。

ちょっと空想の世界に入っていた久能の腰に、平北が抱き付いてくる。

なんだか甘えん坊な様子を見せる平北にきゅんとしつつ、その頭を撫でた。

「……なんか、結構久能さんのこと知らない自分にショックです」

「はあ？」

なにを急にと怪訝に思っていると、平北は腕に力を入れてくる。

「やっぱ、用事が済んだら絶対すぐ帰国します。もっと一杯いろんなことしましょう」

恋する喫茶店

溝口《みぞぐち》が久々に純喫茶「東風《こち》」に出向いたのは、新年、仕事始めに舞い込んだ大きな案件が無事に終わった後のことだった。

それほど時間のやりくりが下手なつもりはないが、業務に追われて会社に泊まり込むことも多かった。

そんな環境や不規則な生活による胃への負担は大きい。それでも、嗜好品《しこう》であるコーヒーをやめることはできなかった。けれど、そんな状態だからこそ、うまいコーヒーを飲めば負担をかけてでも飲んだ甲斐《かい》があった、と至福を覚えることもできる。

「こんばんはー」

古い木製のドアを開くと、店長代理の若い男——平北《ひらきた》が穏やかそうな笑みを浮かべた。いらっしゃいませ、と発せられる柔らかな中低音は、ＢＧＭのない店内によく通る。

コートを脱ぎ、適当な席に座る。適当、と言っても、ある程度顔を知った常連がよく座る場所だけは避けての着席だ。

「お久しぶりですね。今日はなにになさいますか？」

「ブルマン」

間髪を容《い》れずにオーダーした溝口に、平北はかしこまりましたと返しながらも少々残念そうな顔をした。

改めて店内を見回すと、この店を紹介してくれた友人——久能《くのう》の姿がない。

久能は、溝口の大学時代からの友人で、今は同僚でもある。昨年、手ひどい失恋を味わった彼は、今は眼前の平北と「お付き合い」をしているらしい。

溝口自身は女子が好きだが、ゲイに偏見はなく、久能と平北の付き合いを応援していた。

——まあ、なんにせよあんなクズみたいな男より、収入は不安定かもしれないけど誠実そうな年下男のほうがいいに決まってるわな。

かつての友人の恋人はまさしくクズだったが、それでも付き合いが長かった分だけ、一時期の久能の落ち込みようは半端ではなかった。それが、平北と恋人になってからは明るくなり、元よりきっちりした男だったが、仕事面にもプラスに作用しているように思える。

その久能は今日は早めに退社をしたので、てっきりこの店に足を運んでいるかと思ったが、どうも違ったらしい。

一応連絡してみるか、と携帯電話に電話をすると、同時に二階でなにかが落ちたような音がした。

「お？　平北くん、猫かなんか飼い始めたのか？」

同じく音に気づいた常連客のヨシさんが、天井を指しながら言う。

平北はコーヒーを淹《い》れながら「え？」と目を丸くして、ヨシさんの指をたどるように仰いだ。

「あ、いえ。……飼いたいんですけどね。なかなか」

「猫いいよなぁ」

猫談義を始めた二人を見つつ電話をかけたが、結局久能が出ることはなかったので終話ボタンをタップし、上着のポケットにしまった。

——どうせなら恋人を目の前にする久能を揶揄《からか》ってやろうと思ってたのに……ま、それは次回にしましょうかね。

「——はい、ブルーマウンテンです。お待たせしました」

「ありがとう」

受け取って、口をつける。丁寧に淹れたコーヒーは、溝口の舌に合った。豆もいいのだが、平北は若いのに腕もいい。

おいしい、と言うと、平北は嬉《うれ》しそうに、子供のような顔をして笑った。

純喫茶「東風」は、一風変わった店だ。

都心の大通り沿いにひっそりと建っているその店は、酒の類いを一切出さないのに、営業時間が十九時から翌朝七時までの深夜営業。

もともとは六十歳くらいの男性が店をきりもりしていたが、一時期ずっと店を閉めており、営業を再開したときに、平北が入ったらしい。

居抜きで開店したということではなく、店主に雇われたそうだ。

そんな彼の淹れたコーヒーはおいしいが、常連には残念に思われている事項がある。それは彼の昭和臭漂う言葉のチョイスだ。本人は至って真剣らしく、そのセンスは「店長のおすすめ」をオーダーすると真価を発揮する。

一体なにを目指しているのか、「運気の上がるコーヒー」「疲れの取れるコーヒー」というものを出してくるのだ。

「店長のおすすめ」は特定のコーヒーを出すというよりも「客を見てぴったりのコーヒーを出す」ということらしい。実際出されると、「運気の上がるとされる香辛料が入っている」とか「ナントカという謂《いわ》れがある」とか「映画でこういう風に使われていた」という裏も一応あるようなのだ。

常連からは戯れに「大喜利《おおぎり》コーヒー」などと呼ばれて苦笑されている。

けれど本人としては提供したくてたまらないらしく、行くたびに期待に満ちた目で見られてしまうのだ。もっとも、溝口はさらりと流してしまうのだけれど。

「いらっしゃいませ」

からんと音を立てた鈴に振り返ると、そこにいたのは派手な容姿の常連客——水野《みずの》だった。目が合ったので会釈をすると、彼女は溝口の隣に足を向ける。

「ここ、いいですか」

「どうぞどうぞ」

「どうも。キリマンジャロください」

コーヒーをオーダーしながら腰を下ろして、水野はその顔を覆いそうなくらいのファーが襟にあしらわれたコートを脱ぐ。それからおもむろに、煙草《たばこ》に火をつけた。

東風には禁煙も分煙もないが、あまり煙草を吸う常連は多くない。今溝口と水野の座っている席は、この店で一番換気扇に近いところなのだ。溝口がここに座ったのも、煙草を吸いたくなるからである。

「今、仕事終わりですか」

「ええ。やっとです。あー疲れた」

水野はその派手な容姿やメイクから、常連客の間ではなんとなく「水商売を生業《なりわい》としている女性」と思われているようだが、実のところは違う。

以前ちょっとばかりお近づきになりたいな、と名刺を差し出したら、それなりに有名な企業の社名が記載された名刺が返ってきた。

彼女本人も誤解されていることはわかっているらしい。が、殊更に否定しないのは「そのほうが面白いから」だそうだ。ちょっと違った自分になれるのが楽しいし、そういう間柄のほうがかえって本音を話せることもある、とは彼女の弁で、それはなんとなく理解できる。

「溝口さんこそ、最近見なかった感じですけど」

「ちょっと最近忙しかったんで……今年入ってから初めて来ましたよ」

久しぶりに来たからだろうか、前と少し店の雰囲気が変わった気がする。調度品も白熱灯も、なにも変わっていないような気がするのだが、なにかが違う。

それがわからない、と首を傾《かし》げると、水野はなんとも言えない微妙な顔をした。

「久能さんとお友達なんですよね」

「ええ、まあ。なにかありました?」

「なにかっていうか……」

顔を顰《しか》めて、水野はカウンターの前に貼られている紙を爪で弾《はじ》いた。

レトロな店内には、味のある字で格言めいたものが貼ってある。

なにかが前と違う、と思っていたが、そう言われてみると以前この席に貼ってあった文言とは違うものになっているのだ。

謎が解けてスッキリしたものの、これがなにか問題なのか、と首を傾げる。

「……一応さぁ、みんな大人だから知らないふりしてるけど、ちょっとは隠したほうがいいと思うんですよ。いろんな意味で」

「はあ」

一体なんのことだろう、と彼女の目の前にあるものを見て、周囲のものも見て、ようやく合点がいく。

「……なるほど」

それらはすべて、恋愛に関係する文言ばかりだ。

以前はもう少しバラエティーに富んでいたはずなのだが、それはもう見事にピンク色の言葉が並んでいる。

彼女の席には以前まで『自称サバサバ系の女はサバサバしてない』という文言が貼ってあったが、今は『人生に往復切符はないけれど、恋は片道切符とは限らない』という貼り紙に替わっていた。

溝口の前には『二人を結ぶあいまいな引力』。これは「曖昧」と「愛米＝ラブコメ」

をかけているらしい。

ただ単にそういうテーマで書きました、というだけならともかく、平北の相手を知っているとなんだかいたたまれない。

「さりげなーく突っ込んでみたんだけど、なんかこれに関しては無意識っぽいのよね……」

「うわあ……それは始末が悪い」

しかも、久能も貼り紙の変質に気が付いていないらしい。

「久能さんは内緒にしたいつもりらしいけど、あの二人本質的にバカップルなんでしょうね。もうこの際だから盛大に揶揄ってますけど」

「はは」

そうは言いながらも、水野の口調も決して悪く言うものではない。

よかったなあ、と溝口は笑んだ。友人が男を好きになるのだと知ったのは偶然で、久能は基本的に、大っぴらに自分の恋愛事を話す男ではない。最初に付き合った相手が徹底的に隠そうとしていたため、それが当たり前なのだという刷り込みをされていたことも少なからず関係があるだろう。

相手がそうしたのは、それが世間一般的な同性同士の付き合いのあり方というよりは、不貞行為を働いているから、だったのだが。

そんな友人が、平北と付き合うことで穏やかに誰に恥じることもなく恋愛できるというのは、溝口にとっても安堵《あんど》できる出来事だ。

「でも、俺は結構嫌いじゃないですよ、これ」

センスはともかく、幸せの溢《あふ》れた恋の言葉は、面映《おもは》ゆくもあるが羨ましくもある。

自分も久しぶりに恋愛がしたい、と思う程度には。

二人の惚気《のろけ》を見せつけられながら、溝口は水野ににっこりと笑いかけた。

あとがき

はじめまして、こんにちは。好きなコーヒーはマンデリン。栗城《くりき》偲《しのぶ》と申します。

この度は拙作『カフェオレ・ランデブー』をお手にとって頂きまして、有難《ありがと》うございました。楽しんで頂けましたら幸いです。

タイトル、担当さんに提出したときはなんだか昭和臭が強すぎるかなーと思っていたのですが、付けていただいたイラストやアオリのおかげでレトロ可愛《かわい》く仕上げて頂けた気がします！

レトロ可愛いといえば、最初は「東風《こち》」を、ただただ古臭い喫茶店にしようかと思ったのですが、担当さんの勧めもあってちょっと軌道修正をしてこんな感じにしました。カフェも好きですが、素敵な喫茶店に出会ったときのときめきは半端ないです。先日、会津若松《あいづわかまつ》で入った喫茶店が、レジもアンティークなキャッシュレジスターで非常にときめきました。でもレジ打ち自体はその後ろにあった電卓を使っていてちょっと面白かったです。

ところで本文中の「モカマタリ」、昔の恋を忘れるのではなくむしろ新しく恋をしたり恋をする喜びを思い出したりするコーヒー的なものですが、これは勿論《もちろん》、平北《ひらきた》としてはわざとでした。が、久能《くのう》は気づきませんでした（笑）。

イラストは、藤《ふじ》たまき先生に描いて頂くことが出来ました。藤先生の漫画が大好きなもので、「今回のイラストは藤たまき先生ですよ」と教えて頂いたときは頭が真っ白になりました……。まだ緊張しています。

美人で大人な久能と、幼さが残りつつも精悍《せいかん》な平北が素敵で、こんな二人がいる喫茶店がどこかにないかなあと思いました。

お忙しいところありがとうございました！

お世話になっております担当さま。年末進行でばたつきましたが、無事発行できそうでほっとしました。今後ともよろしくお願いいたします。

最後になりましたが、この本をお手にとって頂いた皆様に、心より御礼申し上げます。ありがとうございました。またお目にかかれますように。

栗城　偲

実は最初主人公を
メガネキャラかと読み間違えて
キャララフをメガネで
出しちゃいましたが…
こっちのがリーマンっぽく
なったかもしれませんね！
平北くんの子供っぽい顔も
描けばよかったかなーと思いつつ。
きゃわなお話に読んでくださり
ありがとうございましたv
笹野は許せません★が
多忙極めながら
ハーレムやってる様子は
遠くで観てるだけなら
ちょっと面白いかもしれませんvv

2013　藤たまき

仕事はもちろん、
恋だって、
ぜんぶ会社に
揃ってる!!

欲ばりな首すじ

かのこ Illustration やまがたさとみ

大手IT企業に勤める美里はある日、自分だけの“恥ずかしいご褒美”を、クールな上司・月島に知られてしまい……。社内では上司と部下、プライベートでは淫らな逢瀬を重ねるふたりの、ソフト緊縛ラブストーリー。

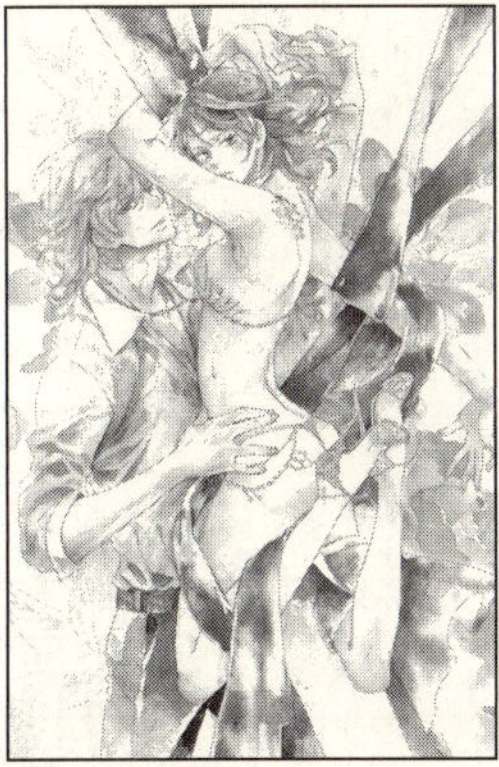

艶《つや》蜜《みつ》花《はな》サーカス
～フィリア・ドゥ・フェティソ～

中島桃果子 Illustration ユナカズ

妖艶な旅回りのサーカス一座「フィリア・ドゥ・フェティソ」を舞台に咲き乱れる六篇の恋物語。演出家、スター、艶やかな男たちに熱く愛されて――。“恋”に泣き“愛”に濡れ、女たちは艶めく花になる――。

カフェオレ・ランデブー

発行日　2014年 1月15日　初版第1刷発行

著者　栗城 偲
発行者　三坂泰二
編集長　波多野公美
発行所　株式会社 KADOKAWA
〒102-8177　東京都千代田区富士見2-13-3
03-3238-8521（営業）
編集　メディアファクトリー
0570-002-001（カスタマーサポートセンター）
年末年始を除く平日10:00～18:00まで
印刷・製本　凸版印刷株式会社
ISBN978-4-04-066202-2　C0193

http://www.kadokawa.co.jp/

イラスト　藤 たまき
ブックデザイン　ムシカゴグラフィクス
編集　白浜露葉

フルール文庫をお買い上げいただきありがとうございます。
この作品を読んでのご意見、ご感想をお待ちしております。

ファンレターのあて先
〒150-0002　東京都渋谷区渋谷3-3-5　NBF渋谷イースト
株式会社 KADOKAWA　フルール編集部気付
「栗城 偲先生」係、「藤 たまき先生」係

二次元コードまたはURLより本書に関するアンケートにご協力ください。
※スマートフォンをお使いの方は、読み取りアプリをインストールしてご使用ください。　※一部非対応端末がございます。

http://mf-fleur.jp/contact/